การเขียนนิยายสักเรื่อง เพื่อทำความเข้าใจการ
การถูกจองจำของความคิดมนุษย์เป็นเรื่องไม่ง่ายนัก.
แต่การที่นิยายเรื่องนี้ได้รับการแปล และกำลัง
จะถูกอ่านโดยคนหนุ่มสาวไต้หวัน ผู้ซึ่งรักเสรีภาพ
ยึดถือประชาธิปไตย! เป็นทั้งความท้าทาย และความภูมิใจ.
อย่างยิ่งของนักเขียน.
ฝากเนื้อฝากตัวด้วยนะคะ

วีรพร นิติประภา.

書寫一部試圖理解「人類的觀念」如何被囚禁的小說並非易事。但這部小說能夠被翻譯，且即將被熱愛自由、推崇民主的臺灣青年們閱讀，對作家而言既是一次挑戰，同時也是莫大的光榮。這本書還望各位臺灣讀者多多關照。

威拉蓬・尼迪巴帕

迷宮中的盲眼蜥蜴

Veeraporn Nitiprapha

วีรพร นิติประภา

威拉蓬・尼迪巴帕 著

梁震牧 譯

譯者序

愛情、政治與渣男：一部泰國人的當代心靈史與威拉蓬的溫柔諷刺

梁震牧

……我要把夢想託付給新的戀人，但你卻來求我給個機會，說再忍忍吶喳，吶喳。吶喳你爸啦！再也無法忍耐了，給過你的機會，都有去無回……〈吶喳你爸啦〉，由泰國歌手彭．詹塔彭（Porn Chantaporn）與筑珍．貞吉拉（Jubjaeng Jenjira）合唱。

誤讀的欲望

二〇二一年七月，泰國獨立音樂工作室 Pordeemuan studio 在其 Youtube 頻道上傳〈吶喳你爸啦〉[1] 這首歌，一時間在泰國社群網站上造成話題。歌手及創作團隊

1 歌曲連結：https://youtu.be/DEN--oum3Kk

在歌曲爆紅後接受媒體採訪時表示，這只是一首描述渣男給了一堆承諾卻什麼也沒做到的控訴情歌。但對於熟稔諷刺藝術的泰國網路鄉民而言，這首歌的實際含意不言而喻。

「吶喳」是泰語裡的語氣助詞，通常是較為親密的人之間才會使用，在語境上有點類似臺灣人說話時在句尾語氣上揚，以「……唷～」或「……好嗎～」等詞收尾。而這個語氣詞若非用在親朋好友或戀人之間，通常也是上對下時才會使用，有些在哄人的意味，而且並不是太正式的用法。然而，歌曲推出期間的泰國總理巴育・詹歐查（Prayut Chan-ocha）非常喜歡在接受採訪時使用這個語氣詞，即便面對非常嚴肅的議題時都是如此。這種行為給泰國民眾的觀感極差，讓人覺得總理彷彿把人民當小孩子在哄似的。以搞笑方式編纂泰國流行辭彙的網路辭典「白目辭典」（pojnanukrian.com）甚至直接把「吶喳」這個詞條定義為：

「某個國家領導人的語尾助詞，藉此裝可愛以掩飾自身卑劣，偏偏使用場合都不太合適。」[2]

如果知道這層典故，再加上歌曲推出的時間點正是泰國民主運動風起雲湧之時，聽者萬萬不可能把〈吶喳你爸啦〉單純理解成一首唱給渣男的情歌，歌詞裡聲聲控訴的只能是那個給了人民各種承諾卻什麼也沒做到的總理。尤其巴育·詹歐查在二〇一四年以陸軍總司令身分發動政變奪取政權後，便發布了一首自稱由他作曲的〈將幸福歸還給泰國〉，日日在電視臺播放。歌曲中以深情男聲反覆承諾要將幸福帶給大家，但非法取得政權不說，日後的拖延選舉、頒布限制民主的軍方版本憲法、各種荒腔走板的施政成果，都讓泰國人既無奈又憤怒，乃至最後走上街頭爆發大規模示威抗議。若將相隔七年的兩曲並陳，只讓人感到濃濃的苦澀與諷刺。

而這首歌的旋律，在我翻譯威拉蓬女士這本《迷宮中的盲眼蚯蚓》時一直在我腦中響起，尤其故事中的主角也與一名渣男糾纏不清，只是書中這位渣男更偏向某種橫跨數十年的政治沉痾或是某個群體的化身。

儘管本書在泰國初次出版的時間是二〇一三年，但泰國社會許多結構性問題到了

2 詞條連結：https://pojnanukrian.com/นะจ๊ะ

〈吶喳你爸啦〉那首歌推出時都沒有太多改變，創作者往往得用極端迂迴的方法才能對社會現狀提出批評。或者應該說，自一九三二年暹羅立憲革命以降，泰國一直都陷在某種出不去的迷宮裡面。

承上所言，讀者大概會好奇：所以譯者在暗示我手上這本書是一本政治諷刺小說嗎？甚至可能有讀者先讀完全書才回頭看序，而且並不覺得本書與泰國政治有多深的關係。

事實上，本書在二〇一五年拿到東南亞文學獎時（該獎項為東協成員國各一名作家獲獎），泰國評審委員會的授獎辭也完全沒提到跟政治有關的話語。委員們反而僅讚譽此作語言華麗，將本書形容為一部描寫家庭價值觀與文藝迷思產生衝突的作品，甚至說這是一部可作為年輕人「反面教材」的小說。如此令人倒胃口的說法讓整本書看起來像是公民與道德教材，但真是如此嗎？

作者威拉蓬在得獎後曾接受泰國公視（Thai PBS）的談話節目訪問，主持人似乎也讀出評審委員的說詞頗為奇特，因此便問了這個問題，請教威拉蓬對委員這樣理解有什麼看法。而威拉蓬女士只淡淡表示家庭觀等等確實不是她要闡述的重點，但她並不排斥作品被解讀為各種樣子，她認為那是讀者的自由。而確實即便在泰國，

《迷宮中的盲眼蚯蚓》也曾被許多人認為只是一部灑狗血的言情小說，充滿各種外遇、劈腿、殉情等傳統八點檔泰劇的情節，只差小說紙頁上沒辦法讓人聽見泰劇裡經典的巴掌聲。

但威拉蓬在多個不同的訪談裡都曾經直接表明過她的創作初衷，她想要談的是「迷思」跟「衝突」。作為一位資深時尚雜誌編輯，她曾自嘲工作就是在拐騙消費者買東西，但她很困惑人是不是真的知道自己需要某個東西，或者只是被某種迷思給牽著鼻子走，誤以為自己需要那個東西。以此延伸，她對泰國屢屢發生的政治衝突也有類似觀點，她認為泰國人是不是也受到各種迷思箝制，而這些迷思有時被包裝成理想，抱持某種理想的人就會批判懷有另一種理想的人是囿於迷思，衝突便由此而生。事實上，在本書的開頭，威拉蓬已寫下這句話：「獻給在暹羅衝突中消逝的人」，定義了小說所要指涉的主題。這是一個隱喻泰國政治衝突的故事，而非一部單純的言情小說，也不是東南亞文學獎委員會所說的「反面教材」。

而東南亞文學獎的泰國評審委員會為什麼會發出那樣的頒獎辭呢？箇中內情恐怕沒人說得準。本書獲獎時是二〇一五年，當時由巴育發動的政變甚至還不滿一年，軍方對各種學術、藝文活動的監視和干涉時有所聞。更有甚者，因迫害威脅而流亡出逃的學者或藝文工作者也所在多有。在那樣的環境下，對政治提出批評是很危險的事。假如該屆泰國評審委員確實有讀出書中的政治隱喻，考量到自身及作家的安全，恐怕也會選擇避而不談，盡量以另外一種面貌將這本書推薦給大眾。但若是另一種可能，評審委員完全沒讀出故事裡對泰國政治的諷刺，卻仍將該年度獎座頒給此書，不啻是證明了此作傑出的藝術成果，即便遭到誤讀都難掩其光芒。

又或者說，我們也可以假設威拉蓬是刻意讓讀者有誤讀的可能。她在受訪時表示，她想試著闡述泰國的衝突到底是怎麼回事，但又不想寫成充滿仇恨的小說，因此心想不如寫個談論愛情的故事。而言情小說不僅是她愛讀的文類，也是泰國讀者熟悉的類型。換言之，以愛情作為敘事之殼是盡可能接觸最多讀者的一種形式，但讀者能否讀出作者的言外之意，就非她本人所能掌握了。儘管如此，即便讀者真的只把這本書當成談論愛情的故事來讀，依然能看出各個角色陷於某種迷思無法自拔的處境，即使沒有被連結到政治現實，也是對於人類存在境況的深刻描摹。

我們也可以想像另一種情境，假如有讀者基於東南亞文學獎委員會的推薦理由而閱讀此書，或是因為想讀一本據說很虐的言情小說而翻開書頁，但讀到一半時卻突然感覺到整個故事像是在隱喻泰國政治，讀者是否會懷疑自己誤讀了作者的本意？

由於本書最初設定的讀者是泰國人，上述問題涉及了這位想像中的泰國讀者所抱持的政治理想、所擁有的歷史記憶，以及是否能從和作者相似的觀點出發，看待泰國社會的各種現象。但假如採取泰國純文學界傳統的社會寫實路線寫作，讀者已經帶著預設的價值判斷（或用威拉蓬的話說，帶著迷思），作者恐怕難以讓立場相異的讀者共同思索泰國人如何深陷迷思。或許惟有透過書寫愛情這個不論任何背景的人都能有所感的主題，才能把所有讀者都拉到相對客觀的位置，讓人在讀完闔上書後尋思：我剛讀完了一本愛情故事，但為什麼隱隱約約感覺像是在述說一個國家的命運？

一部泰國人的近代心靈史

正因為威拉蓬透過隱喻的方式將泰國的衝突濃縮在愛情故事裡，無疑對外國讀者構成了解讀文本的重大挑戰。解讀的障礙甚至對泰國讀者而言也同樣存在，因為泰國在一次次的政變中始終無法貫徹民主憲政的精神，過去的歷史有許多也遭到刻意遮掩甚至抹消，因此作者在本書中也屢次提及記憶與遺忘的作用。但假如對泰國歷史有一些概念，勢必會為作者的巧思所折服，許多泰國的重大轉捩點，在書中都化為幾乎不著痕跡的故事情節。乍然讀破時會因為作者的譏諷意味而忍俊不禁，但讀畢全書又會為角色和整個國族的命運感到深刻的悲哀，威拉蓬終究選擇了用最溫柔的力道把針戳進去。

由於臺灣讀者可能對於泰國近代史較為陌生，此處將簡略介紹泰國近代幾次比較大的事件、重要人物及關鍵概念。為了避免影響讀者自行解讀文本的樂趣，下文不會直接解釋各事件、人物與故事中的對應，但讀者可留意**粗體**文字，通常會是故事中某個角色或某段歷程的關鍵參照對象。

【暹羅立憲革命】

一九三二年六月二十四日，由高階軍官和文人官僚組成的集團發動政變，最終迫使拉瑪七世同意施行君主立憲制。發動此次政變的團體「人民黨」是由泰國留學生在**法國**成立，重要成員包括泰國法政大學創辦人比里・帕儂榮及奠定現代泰國樣貌的鑾披汶・頌堪。泰國當代的民主派人士多將一九三二年的暹羅立憲革命視為一場未竟的革命，不僅人民黨的憲政理想從未徹底落實，成員在後續幾年也陷入互相爭奪權力的衝突，好幾位最終都落得流亡異鄉而未能老死於泰國的命運。

【鑾披汶．頌堪】

身為人民黨的成員之一，鑾披汶不僅是泰國歷史上在任最久的總理，他所推行的政策也形塑了現代泰國社會。其中最重要的就是一九三九年至一九四二年間頒布的一系列規範人民生活的法令，可視為某種泰國新文化運動。這些法令包括改國號暹羅為意指「**自由**之地」的泰國、頒布國歌、以宣傳活動呼籲人民尊重國旗與國歌、鼓勵愛用國貨、將泰語「國語化」、規定正式服裝等。基本上在鑾披汶之後，泰國人的世界觀便從此改變了。

另一個令鑾披汶在泰國歷史上值得大書一筆的事蹟，則是他在二戰期間與**日本**的結盟，險些令泰國落入戰敗國的處境。也因為他與日本關係良好，當他在晚年遭到政變逃亡時，便是選擇流亡日本，最後也病死在那裡。

【冷戰】

在冷戰時期，泰國是美蘇兩大強權碰撞的最前線，站在資本主義陣營的泰國受到了美國相當多的援助，但美國不僅帶來了經濟發展，也同時助長了很多社會問題。美援雖然讓泰國工商業得以成長，卻也擴大了貧富差距，反而影響了共產主義思想的蔓延。駐泰美軍和休假的越戰美軍帶來了西方流行文化、**搖滾樂**，也間接造成了**毒品**氾濫和性產業蓬勃發展等問題。當冷戰隨著**柏林**圍牆倒塌告終，泰國也不得不在地緣政治中為自己找到新的定位。

【十月世代】

近代泰國有兩次重大政治事件都發生在十月，由於發生時間極為相近，且不少參與者日後都走往政界，這些人被泰國政治學者稱為十月世代。首先是一九七三年十月十四日，當時大批青年上街抗議軍事獨裁者他儂，最後成功促使他儂下臺。但短暫的民主實驗期很快就畫下句點，七〇年代的泰國學運青年被貼上左翼、共產分子標籤，開始被右派人士處處針對，最後在一九七六年十月六日爆發了血腥的法政大屠殺事件。為了抗議民運人士遭私刑吊死而發動的學生集會，在軍警和右派人士包圍下退守法政大學，手無寸鐵的學生遭受各種重武器攻擊，連跳河逃生的學生都遭到河面上軍方船隻開槍射擊，學生屍體遭褻瀆的照片也經國際媒體傳播而震驚世人。

僥倖逃過一死的學生則躲到泰北叢林，過了幾年風聲平息後才陸續走出森林回歸社會。諷刺的是，當年那些熱血青年在中年過後成為政壇人士時許多都成為保守派，成為自己當年反抗的身影。

【惡性循環】

這個概念最早由泰國政治學者柴阿南・沙木達凡加（Chai-anan Samudavanija）提出，他指出泰國近代政治的發展一直是政變——軍事統治——憲政——選舉——國會程序——衝突——危機——政變……這樣不斷延續的循環，根據不同的認定方式，自一九三二年以來，泰國共發生過十一至十三次政變。而每次政變，領導人總會高舉各種理想賦予自身正當性，最近一次便是二〇一四年由巴育・詹歐查發動的政變。

【顏色衝突】

紅黃衫軍衝突是近二十年來影響泰國最深遠的事件，事實上本書作者威拉蓬便曾在受訪時表示，二〇一〇年的血腥清場是她動念想寫這本小說的根源。簡而言之，衝突都環繞著泰國前總理塔克辛・欽那瓦（Thaksin Chinnawat）。在二〇〇五年時，一群抗議他的民眾開始穿著**黃色**衣服走上街頭，一方面指控塔克辛貪腐，同時也譴責他許多言行對泰國王室不敬，因此便著代表王室的顏色宣示效忠及捍衛國王的決心。大規模抗爭最終給了軍方出面的理由，塔克辛遭政變流亡。但因為他過去的民粹政策累積了廣大的農村支持者，因此這些人穿上了代表人民的**紅色**集結抗爭。兩派人馬經歷多次的拉鋸與對抗，但通常軍警勢力都是站在黃衫那邊。最嚴重的一次大規模衝突發生在二〇一〇年，當時對紅衫軍採取的清場手段造成了八十多人死亡，兩千多人受傷。

除了紅黃兩色的人群之外，泰國老牌政黨民主黨曾在塔克辛勢力政黨遭保守派以法律戰拉下臺後，在沒有足夠民意基礎的情況下取得執政地位，也被紅衫軍視為黃衫軍的傀儡。民主黨的黨徽是**藍色**，黨徽上的大地女神象徵**水**與土地，同時也是泰國首都水利局的局徽。

而在泰國紅黃之爭最激烈的時候，曾有一群人站出來說自己不黃也不紅，自稱沒有立場，只是希望國家能安定，他們自稱「彩色」，但其實也是偏向保守派。而後某泰國政治評論家便戲稱這群人是 sà-lìm，原意是一種很像彩色粉條的甜點。這些人最後幾乎都跟黃衫合流，後來支持民主改革的泰國人便常以該辭彙嘲諷保皇派、極端保守人士。由於這種甜點的湯底是以椰奶製成，因此有時也會改稱**臭酸椰奶**（**kà-thì bùut**）表達諷刺。本書作者在故事中的某個段落硬是放了這個詞，雖然稍嫌突兀，但某種程度上也像是留下了一個極為明顯的線索，證明此書確實是本政治諷刺之作。

除了上述關鍵歷史都可在書中看到影子之外，諸如泰國人喜歡把政治人物都叫成叔叔阿姨的習慣、泰國因為發展觀光而開始充滿外國人的現象，甚至是國際知名的「幽魂娜娜」，都在作者筆下以各種花團錦簇、食指大動的方式轉化為令人會心一笑的隱喻。經由威拉蓬魔幻的敘事手法，即使沒有實際經歷過都宛如體驗了泰國人近百年來的心靈激盪。無論是否讀出作者字裡行間隱含的訊息，《迷宮中的盲眼蚯蚓》都以迷人的文字打造出一幅華麗的泰國景觀。整本書的字字句句猶如書中所描述的蘇泰寺壁畫一樣壯觀，透過閱讀本書，令人彷彿感覺到泰國的氣味撲鼻而來，熱帶裡的繁花盛錦或是曼谷大都會的狹窄暗巷，都在篇章之間漸次展開。泰國在威拉蓬的筆下微縮成一座令人著迷卻又忍不住低聲嘆息的紙上迷宮，等待讀者翻開書頁走進這個關於理想、迷思、記憶與遺忘的故事。

目次

獻給在暹羅衝突中消逝的人。

主要角色

查莉卡（姊姊）莉卡
查日雅（妹妹）查麗
班（男孩）
塔尼（舅舅）
努恩（保母）
羅莎琳（爸爸的情人）
女巫坦雅
女巫烏萊
女巫拉葳
塔納（查日雅初戀）
那堤（假戰地記者）
帕拉東（班的朋友）
帕特拉（帕拉東的爸爸）

1 魚缸中的女孩

長大到略有記憶的年紀時，查莉卡還記得那段日子裡家裡滿是聲響，但那些聲音如細屑般難以耳聞，卻又時時刻刻從各個角落尖聲竄出。呢喃、哀泣、耳語窸窸窣窣聽不清內容，嘆息、咆哮、尖叫、哭號、黑暗中啜泣，腳步聲整夜裡走動不停，潺漉呼哨自河邊盤旋而來。難以分辨那些究竟是正在作響的聲音，或是很久以前就困在這棟屋子裡，無以遁逃而只能四處奔竄的信號。多年前，查日雅出生那天……媽媽發現爸爸有了其他女人。

那位親友來到家裡找媽媽時，陰鬱天空穿出一道明亮陽光，淚水啟程。嗯，來人開始了，接著是耳語般輕聲低訴，大家都在傳……說完又點了點頭，老師每天傍晚都去那裡，那人有口大暴牙，渾圓大眼不斷左右轉動，彷彿受驚老鼠。她是傳統舞蹈舞者，有在學校裡面教跳舞。媽媽看見了纖細手臂在空氣中溫柔劃動。真是老師嗎……／我弟弟提姆也看到了，他不會看錯，他住在那附近的朋友說，老師偷偷去找她半年多了。纖細手臂仍然在媽媽腦袋裡來回劃動著。繼續放任下去就不好了。

這手放在隆起腹部，那手搭在門板上，媽媽回過神來才發現自己正姿態古怪站在那棟屋子前。門漆成藍色，受驚老鼠比手畫腳說著，但這些家務事跟我無關，老鼠又點了點頭、轉了轉眼珠子後便低著頭離開了。媽媽只能祈禱一切只是誤會，但還沒來得及敲，門板便打開了，一陣風猝不及防搧得她閉上眼睛，再度睜開眼後便看到丈夫站在面前。

他神情沒有絲毫訝異，彷彿早在那裡等著她，像是知道她會出現……總有一天。遠方雨水氣息雜入風裡，混合某種花朵淡香，她想不出那是什麼花，視線越過丈夫肩膀只見一名女子站在屋內。媽媽沒有嚎啕大哭，目光直盯著女子手搭在桌緣自腕處延伸出的纖細臂膀。那個女人沒有她原以為那般貌美，但時髦得不像傳統舞蹈的舞者，穿著牛仔褲和藍橘相間的T恤，頭髮長及半背，眼神哀戚。某處傳來風鈴輕微鏘啷聲，爸爸走出時雨尚未落下，頭也不回關上門後便帶著她回家。

他們回到家時雨才灑落……宛若傾盆，媽媽返家後方意識到那個女人確實存在。她回憶起丈夫每日必消失片刻，他某些早晨在鏡前凝視自身的空洞眼神，他有時還喜歡傍晚時分獨自去散步，孤影寂寥佇立河邊……良久都未移動過。

媽媽回到家後才開始掉眼淚……啜泣哽咽，雙手摀住眼睛，詛咒所有引領那兩人相遇的星斗，痛罵此次妊娠令她丈夫必須另覓愛情，她以全副心神拒斥命運，尤其要將一切歸咎於腹中查日雅。那日深夜，在一次用力收縮後，大拇指還含在嘴裡的查日雅誕生了。

由於妊娠未足七個月，為了盡可能讓查日雅留在這個荒涼貧瘠的世界，醫師將她放在一個四方型玻璃櫃裡……這個驚人發明模擬母親子宮保護著她，讓她免於死亡和懷抱。好幾個月下來，她便一直待在偌大魚缸裡看著世界在周遭轉動，呼吸另一個世界打進缸裡的空氣，自塑膠管取食，驚險逃過孤獨而死的命運。她如尋常孩子般健康長大，無人知曉她患上了寂寞病，先進醫學儀器也檢測不出，沒有任何方法治療，她餘生都得對抗巨大孤寂。

不僅如此，查日雅還渴望魚缸，雖然那就是她各種孤獨與寂寞的源頭，但源自母親意志的死亡緊逼在後，至少魚缸保護過她，因此她始終想找到一只新的。查日雅年紀還小時便喜歡撿拾各種路上看到的生物回家養，像防護罩一樣將自己團團包圍。有小狗、小貓、螞蟻、小鳥、松鼠、蜥蜴、烏龜，那隻從她制服裙口袋跳進草叢後便永遠消失了的小樹蛙，某天早晨打開盒子察看時變成藍色蝴蝶翩翩飛舞的柔軟毛蟲，甚至是整夜振翅發出惱人聲響的蟬。

查日雅不僅悉心照顧她的各種小寵物，還滿懷敬意賦予牠們備受尊崇的親屬稱謂，例如友益哥哥、苗阿姨、馮叔叔、丹阿姨、大丸姊姊……這是另一隻雖然跳出了金魚缸奔向自由，但仍不時會在附近芭蕉園被她看見的小樹蛙。而有次她跟查莉卡去採要做紫色糯米粥的蝶豆花時，她甚至想把一個坐在學校門口鳳凰木下的小男孩帶回家當親哥哥照顧。

我們帶他一起回家好不好莉卡……／不行／為什麼……／他媽媽找不到他會哭的。在吞沒其他色彩的靛藍暮色中，只有鳳凰木婆娑搖曳著亮橘色，像是查日雅在紀錄片裡看過的黃金水母群……那個年紀與她相仿的男孩低頭坐著，怒眼瞥向兩個女孩。他媽媽不會來的莉卡，這麼晚了／會來的查麗，等等就來了／但是我想要有個哥哥／不行／他媽媽不會哭的／不行，我們走吧，走吧。查莉卡半拖半拉讓她妹妹繼續走，才走沒幾步查日雅便又回頭看向鳳凰木底下，在波紋般蕩漾的朦朧橘點之間……她覺得那個就要被靛藍吞沒的男孩笑了，那是她見過最溫柔的笑容，查日雅也回以微笑，他媽媽不會哭的莉卡，天全黑了，沒多久她便立刻忘了那個男孩。

但年紀愈大，查日雅便愈是無法忍受動物親友壽命短暫所帶來的悲痛，於是她轉而跟園子裡壽命更長的植物們締結親屬，她還喜歡替這些葉綠素親友的名字冠上華麗讚詞。例如美麗假鷹爪阿姨、夢幻隆都花姊姊，展臂欖仁叔叔。不只是給予尊重，有時她還會像是在對貴族說話一樣呼喚它們，例如朱槿小姐、夜花夫人，她用廣播劇裡聽來的稱呼，把這些植物叫得像是劇裡女主角一樣高貴。薔薇女士就是大馬士革玫瑰，她喜歡像鄰居哲婆婆一樣用薔薇這個聽起來比較古雅的名字，而且她在查莉卡唸給她聽的坤昌坤平唱本[1]裡記住了這個段落：隆都花前兮哀別離，月菊薔薇盡凋殘，待得何年兮重相見。

奇怪的是，她反而將查莉卡叫成莉卡，唸錯電視裡歐美影集女主角莉塔而來的。只是平凡無奇叫著莉卡，沒有尊貴頭銜也沒有華麗讚語。查莉卡則叫她查麗，是《查理的天使》這部歐美劇名的發音訛誤，除此之外還叫過各種類似諧音，阿里的天使、

1 坤昌坤平唱本：泰國家喻戶曉的民間傳說，故事主要圍繞在坤平、坤昌和美麗女子婉通三人之間的愛恨情仇。故事原型源自古老的民間口傳文學，後經泰國貴族不斷添加各種元素而臻至完備，並於二〇世紀初推出官定標準版。該故事節奏明快，富含英雄主義、魔法、鄉土喜劇、浪漫抒情等元素，不僅是泰國基礎教育中必備的讀本，也是許多泰語格言、隱喻的來源。

瑪莉的天使、達利的天使、什麼天使都有，但最後依然只剩下查麗，對姊姊而言不再是天使的查麗。

而沉默在無人意識到時盤據了整間屋子。薄霧之中的某日清晨，爸爸正在吃飯，查莉卡在門口吃力嘗試著初次綁鞋帶。年紀太小還不能上學的查日雅蹲在一旁，頭微微偏向後面，手肘向外展開，雙手握拳放在胸前，想像自己是一隻麻雀。媽媽對爸爸說要自殺，語氣平靜……而且那兩個孩子要跟我一起走。

刺眼陽光從保母努恩倒給查莉卡的水杯中映射過來，爸爸低下頭閃避，就這樣低頭沉默了好一陣子，當他再度抬起頭時扎眼光芒早消失了，他瞇眼逆著光看向屋前，目光穿過起身走進廚房的太太，穿過蜷縮在昏暗中的家具，穿過他自屋角憂鬱陰影中眨出的乾涸淚珠，穿過消散的晨霧……

外頭查莉卡正拉起變成麻雀的妹妹，柚子樹在背景搖曳，兩人看起來如黑色剪影。查日雅很不開心，踱著腳學公雞抬頭張開嘴巴，同時用仍握著拳的手背擦眼淚。但一點聲音都沒有，沒有查日雅的哭聲，沒有查莉卡轉身跑走的腳步聲，沒有喜歡在這個時間大聲鳴叫的烏鴉叫聲，沒有樹葉彼此摩擦的聲音，甚至連微風在河面上不斷吹拂的聲音也沒有。

那時爸爸想起夜裡消失的啜泣聲，連家裡原有的各種聲音也寂靜了好幾天，他意識到那句威脅圓潤得如同河床卵石卻暗藏決絕。他願意無條件跟另一個女人斷絕來往，但那之後沉默依然長久籠罩著這間屋子。

爸爸辭了教職，幾乎一直待在家裡哪兒都不去，像是也辭別了整個世界，頂多偶爾會行禮如儀般到田園略作巡視。他雖缺乏莊稼知識但不要緊，那些工人在他祖父母輩還在世時就在這裡工作了，知道該怎麼照料鄰近那空猜西河的土地。但話說回來，他也沒有心思再去追求什麼了，整顆心深陷在難以承受的傷痛裡。

媽媽回過頭來用盡心力撫慰她所愛的男人，就像她使勁奪回他時那樣。陰鬱暗沉的家屋逐漸恢復生氣，如果不仔細觀察，絕不會發現淚水玷汙過這裡。她會在所有人仍熟睡時起床，坐著安靜寫下每日要務，好了以後便呼喚廚娘彭阿姨、保母努恩及女傭尼昂來交辦事情。媽媽每天除了在家裡四處檢查她吩咐下去的工作之外，便是不時替爸爸打理各種事情，例如替他決定該不該接某人電話、該不該讀某一封信、確認寫信來的人是誰、什麼事該做……以及什麼事不該做。

稍有餘暇時，她便翻出舊照片坐著細細端詳，特別挑出她跟爸爸的合照裝進相框裡掛在牆上。當舊照都放完了，她便央求鄰居哲婆婆的兒子波叔叔來幫她拍新照片。她換上像是要外出的美麗服飾，露出甜美笑容站在爸爸身邊，一會兒站在門口，一會兒站在樓梯扶手邊、轎車旁，有時則站在河邊雄偉高大的海桑樹前。有人邀她去宴會時，她總是立刻應允然後匆忙趕製新衣裳、做頭髮，有時甚至一大早便找美容師到家裡替她服務，好讓她拍下更多照片掛在牆上。

這棟屋子在仍充滿不能洩漏給鄰居的話語時便闔上了窗戶，媽媽在屋裡會像影子一樣時刻跟隨爸爸左右，確保他絕對不會因為寂寞，而無意間又透過渴望的罅隙犯下傷人之事。爸爸則鎮日坐立難安，在家裡不斷移動位置，從這張椅子換到那張椅子。太太的心跳聲不停穿進他胸口，撲通作響又不知疲憊，他只能這樣逃避。最後則變成在家裡漫無目的遊蕩，只在傍晚時才停下來，那時他太太會進廚房裡忙晚餐，放他獨自在香欖樹下藤椅上打盹……只有孩子們知道他根本沒有入睡。

對孩子們而言，爸爸的存在這個現象難以言詮。這個男人看起來猶如透明，幾乎可以任由視線穿過，他會隨機出現在屋子裡各個角落，然後在沒有人注視時消失無蹤。他完全沒有能力跟世界上其他人類交流，也幾乎沒有什麼能跟孩子們溝通，除了偶爾……坐在那邊盯著她們看。每次總會看上很長一段時間，目光在兩人之間來回，讓女孩們開始不安忖著他是不是有話要說，但他什麼都沒說，只是閉上眼睛皺著眉，像是在凝視內心流動，將他從女孩們身上讀到的思緒傳送到遙遠宇宙中某個地方。

而媽媽只是個熟悉的陌生人，成日在家具圍成的迷宮中疲憊徘徊，這個女人似乎只有在雙手抱胸坐下，一邊輕搓手臂一邊端詳滿布牆上的照片時，才會感到快樂。那些照片像是時鐘發散的輻射帶一樣，讓整面牆幾乎半點空間都不剩。媽媽從來沒抱過查日雅，在她第一次從魚缸裡離開，爸爸接她回家時……沒抱過，在她從匍匐爬行到站起來搖搖晃晃走著時……沒抱過，在她開始張嘴說話，真的成為了有生命、有思緒和心情的女孩時……也沒有抱過。

媽媽一直從遠處提供無微不至的照顧，至死都維持這般距離，從來沒意識到她吝惜給予的擁抱……不只是對她從來沒愛過的查日雅，甚至也包括了她深深愛著、遠勝於世上一切事物匯總的查莉卡，她完全沒意識到這件事。在消逝的懷抱裡，她親暱喚過女孩「查莉卡，我的心肝寶貝」，但從查日雅誕生在這個荒蕪世界的那一天起，擁抱便彷彿從來不曾存在過似的永遠消失了。

……而淚水便就此啟程。

2 紫紅色鸛鳥之谷

當媽媽將全副精神用在撫慰丈夫崩塌的心靈，擁有三位情人而在欲望之結裡筋疲力竭的保母努恩擔起責任照顧孩子，查莉卡和查日雅還是快樂長大了。

孩童天性如此，戰爭、突發洪災、土石流或是王國覆滅都無法阻擋，人在年幼時終究不會明白這種單純快樂。她們從父母破碎婚姻裡躍出來活蹦亂跳，這件事在她們心中只留下淺淺傷口，兩人幼獸一般整日在園子裡翻著跟斗，彷彿被施了魔法似的，在空無一物的空氣中抓扒出快樂。

葉叢縫隙將陽光篩落，滴答……滴答灑在臉上，她們只得躺在地上不斷翻滾，免得光珠滴進瞳孔。兩個孩子交換著從大人那裡偷聽來的鬼故事，浸泡在充滿青苔氣息的陰影中。在風鈴木花朵以告別的舞姿從樹上翩翩落下時，兩人唱起了剛作好的新歌，風鈴風鈴風鈴木，風鈴風鈴風鈴木的花……但沒幾分鐘後就忘了旋律，風鈴風鈴風鈴木的花，啦啦啦，再見啦。

她們躲在疊穗莎草叢後面時，陽光像蟻群般在背上竄動爬行，兩人摀住對方嘴巴，不讓笑聲走漏，保母努恩絕望的叫喚聲漸次遠離，直到再也聽不見為止。在細雨綿綿時，她們躺在水窪裡，張嘴品嘗彩虹末梢潑灑而來的雨水，彷彿那是可口甜湯。笑聲在雨季結束初入冬時被風吹散，化為上百細碎笑語，順著蜿蜒河流乘風而去，……彼此相依。

宛若戰爭中成長的孩子，她們總是什麼事情都一起做，一起吃飯、睡同一張床、擠在同一張椅子上，一起笑、一起哭、同時生病、做一樣的夢……手拉著手在滿是紫紅色鸛鳥的山谷裡整夜奔跑，但醒來後卻什麼也記不得了。她們還會在睡前用毛巾綁住彼此的手，以確保不會有人在睡夢和清醒間的縫隙消失。

有時兩姊妹會圍著同一條紗籠在屋子裡漫遊，像那對知名暹羅雙胞胎一樣緊緊勾著彼此手臂，學那對連體嬰的名字用恩夫人和昌夫人叫喚彼此，還發明了一種只有她們所屬族群才能理解的語言，這個族群在世界上只有兩個人。她們還喜歡在桌子底下敲著對方手臂打密碼，一下……是，兩下……不是，三下……嗯……等一下我先想想，好讓她們能在跟大人溝通時先取得共識。她們甚至常常將頭髮纏在一起綁成辮子，好連接起來暗中傳遞心中想法，不讓任何人知道，而且每次這麼做時總是歪著頭靠在一起持續好幾天。但寂靜占據屋子的那段日子裡，也阻斷了姊妹倆談天說笑的聲音，因為兩個孩子自己學會了將笑聲和哭泣……都靜靜放在心裡。

恩夫人／嗯？／我還想再喝一次彩虹的甜湯／要先等到特別的日子／那特別的日子是哪一天……／特別的日子就是下雨過後太陽出來的時候啊／那什麼時候才會下雨出太陽……／就是我剛剛說的特別的日子啊／但是……／睡覺吧昌夫人／恩夫人／先睡吧昌夫人／恩夫人……／睡吧查麗，我睏了……

沒有人知道恩夫人跟昌夫人是從何時開始不再挽著手入睡，又是從何時起戰勝了在現實和夢境邊緣的窄縫中失去彼此的恐懼。她們在心裡依然是那對形影不離的暹羅雙胞胎，但查莉卡滿十歲之後，大半時間都沉浸在小說世界裡了。那個女子出身高貴卻可以愛上貧賤男孩或是任何人的驚奇世界，在那個混亂世界裡必須用各種複雜且不科學的方式千方百計證明愛情，但在那個神祕世界裡，愛情奇蹟又觸發了各種動人情節……毋論悲喜，裡面充滿了陷阱、阻礙、嫉妒、受命運捉弄的黑色喜劇。在那個世界裡，追尋真愛只是一種想像。

而小三歲的查日雅則每日在山陀兒園裡追捕叫聲古怪的神祕生物，把小貓放在水溝裡教牠游泳，或是綁架紅色小線鱧當人質，只為了窺看牠們媽媽氣急敗壞的樣子。

不然就是在河邊挖起各色泥土，捏塑成青蛙模樣，紅色青蛙會在陽光下活過來，黃色青蛙依靠月光，藍色青蛙依賴那年第一場雨。但只有閃電青蛙能夠死而復生，因為被雨水沖刷帶走後，牠會在夜裡滿園子放聲喧囂，丟下太陽青蛙和月亮青蛙一臉可憐兮兮的模樣呆坐著……動彈不得。

當雨一停下來，查日雅就會立刻跑出去追蹤盲眼蚯蚓，牠們總是在自己挖出的迷宮裡不斷迷航。但她往往一無所獲，只有一次在偶然間發現陀羅缽地時代[2]的珠子，連接成一串，彷彿是幾天前才埋下，但經她呼吸吹拂便轉瞬在指間化為塵埃。而就像追蹤盲眼蚯蚓一樣，不論查日雅去哪裡，查莉卡都會跟著，她會在遠處坐在爸爸的藤椅上，讀著那些名字美得像詩的男女之間的故事，再跟著妹妹又移動到各個地方。從河邊香氣四溢的山陀兒樹下涼亭、疊穗莎草叢邊、樹的枝椏旁，到某個地方……任何地方。

莉卡，為什麼蚯蚓沒有眼珠……／我也不知道／那我們怎麼知道蚯蚓醒著還是在睡覺……／呃……不知道／那蚯蚓自己知道嗎……／知道什麼……／知道自己挖土時是不是醒著……／那是牠的身體，應該知道吧／但是，但是我夢遊過。查日雅看著手掌裡沒有眼珠的蚯蚓爺爺正不斷蠕動著。那個時候啊莉卡，我看什麼都好清楚，跟真的一樣，一點都不像做夢／你跟我說過很多次了查麗／對，對，我說過了，但是我也不知道我睡著以後在夢遊／夢遊的人不會知道啊／那蚯蚓知道嗎……／知道什麼……／知道牠睡著以後夢遊挖土／吼查麗，我怎麼會知道這種事／蚯蚓爺爺吃土，大便出來也是土，吃土，又大出土……接著查日雅便開始唱起剛剛做給蚯蚓爺爺的歌，又一次跑進園子裡不見蹤影。

查莉卡十二歲，查日雅九歲，困在被相框緊密包圍的房子裡絕望漫步了六年後……她們的爸爸病倒了。他去了醫院，接著回到家臥床好幾個月。某天早上，他消失了，媽媽陷入癲狂般四處尋找。

那天深夜，女孩們被連續幾聲尖叫吵醒，然後便發現媽媽坐在地上扭動嚎哭，她不斷扯下自己的頭髮，頭皮上只剩幾簇稀疏烏絲。而她面前則是她們父親的軀體安

2 陀羅缽地時代：陀羅缽地王國（梵語：Dvāra-vati）據信是孟族於6世紀至11世紀在今天泰王國北部佛統府一帶所建立的多民族城邦王國。

詳躺在四千二百二十二封信上，信封上地址是他親筆寫下，他躺在一具經過雕刻的棺木裡……那個女人送來的。

媽媽在隔天黎明前燒毀所有信件，繞著熊熊燃燒的火焰猛吐口水。她沒有請來任何僧侶為他誦念，只是叫工人挖了個洞……能挖多深就多深，接著將他埋在老香欖樹下，你就待在這裡，別想投胎到哪裡去。

那之後整整一年，從那天起到她死去為止……媽媽便從早到晚都坐在那裡，坐在墓穴上，她愛了一輩子的男人。她的頭髮扯掉後再也沒長回來，她會在頭上圍起顏色悲傷的紫色布巾，坐在那張藤椅上。藤椅表面被丈夫對那女人未曾止息的渴望劇烈侵蝕，她坐在那裡，就那樣……置身痛苦的繭中。在香欖樹苦甜雜揉的氣味中，在河邊不斷吹拂而來的微風中，守衛著他的靈魂，不讓他遁逃去找那個女人，或其他任何人，……或是能有安息的一天。

3 唱歌的金魚

如同查莉卡和查日雅在動植物之中和小說裡漫步而出的大量人物間溫暖成長，班也有相似的溫馨童年，他家族裡有無數爺奶叔伯姨嬸兄弟姊妹。

班的父親返家看見妻子依偎在陌生男子懷裡那天，只能愣在那邊一個多小時，什麼也沒做，看著戀人在別人懷抱裡熟睡。接著他走進隔壁房間抱起襁褓中的嬰兒走了出去，從此再也沒有回來。於是班便在不斷晃動的火車車廂中做夢、學會爬行，慢慢長大。

稍有意識之後，班就得學會照顧自己，每次都要獨處很長一段時間，爸爸身為鐵路工作人員不是在工作就是在最尾車廂裡酩酊大醉。爸爸禁止班跟陌生人熟識，不論對方是否有頭有臉，因此他不太跟人交談，甚至跟自己也是。他會安靜坐著，目光看向窗外，凝視白日裡整個世界在眼前飛逝，或是夜裡的整片宇宙……那是他沒有厭煩於在狹窄、昏暗車廂間遊走時做的事。他會偷聽各種睡姿的乘客們古怪的呼吸聲，或是哨音一般發自喉間的聲響，還有那些夢中脫落的囈語，從遺忘許久的過去發出的微弱呻吟。

有一次班正在黑暗中漫無目的移動，有個男人突然坐起來問道，有賣什麼……／水煮蛋，班想也沒想便回答，那時他發現男人眼睛閉著。一顆多少……／一銖五十撒丹／給我兩顆。班從想像中遞出兩顆水煮蛋，男人也從暗色衣服口袋裡掏出一把空氣放到他手中，接著便小心翼翼剝著隱形水煮蛋，一次吃下半顆，有模有樣咀嚼著，眼睛依然沒有睜開，臉上露出滿足表情，然後又繼續剝第二顆蛋吃，最後便帶著笑意躺回椅背上呼呼大睡……

某種莫名執著攫住了爸爸，沒有人知道為什麼。他始終顧著尋找機會飄零，不願在任何地方久居，總是在一年或是更短的時間內，便提出某種理由要求更換值勤路線，有時也會要求更換宿舍。從北部路線換到南部路線，從這個省府換到那個省府，從某個鐵路員工社群換到另個社群，從某間灰色屋頂的房子換到下一間沒有絲毫不同的房子。

班還小的時候會跟著爸爸遊蕩全國，但到了上學的年紀，爸爸必須跨夜工作時便會將他託給鄰居，讓他們幫忙替他張羅食物、哄他入睡、帶他去學校。雖然這對父子從來沒在哪裡長住到能跟人建立深厚情誼，但不至於構成什麼問題。鐵路員工們認為自己是個迥異於一般大眾的群體，喜歡互相照顧，就像個大家庭。而且班這個孩子很好帶，不會討要東西，不吵不鬧，不說話。

由於擔心會給某戶人家添太多麻煩，班每次都會被託給不同家庭。傍晚時會看到他坐在校門口，睡墊跟枕頭縫在一起捲成團堆在旁邊，餐費裝在信封中塞在衣服口袋裡，他等著……某個人來接他，有時甚至是從未見過的陌生人，帶他去他從沒去過的房子，在好幾張臉孔和好幾雙眼睛之間成為一至兩晚的短暫成員。大家會像家人一樣對待他，然後在隔天早上讓他離開，再也不會問起這個男孩。

即便如此，當過眾多家庭的一夜成員，讓班擁有上百位兄弟姊妹，雖然沒有人認真把他看作兄弟姊妹。而每年換一次甚至三次學校，讓他在全國有上千位同學，雖然幾乎沒有人記得他。但把隨著不同月臺而出現的叔伯姨嬸親屬們加一加，班的幼年時期在或許過多的龐大人群包圍下，也算過得溫暖安穩，彌補了他僅僅失去母親的不足。

而某些週末或是學期結束時，班便再度跟父親一起在火車上漫遊，安靜看著世界在窗外飛逝。綠意盎然的田野在大地上阡陌縱橫，宛如海綿蛋糕擺在廣袤巨盤中。稻草人在耀眼陽光中張開手臂驅趕烏鴉，對著他戲謔彈著手指頭。當火車在深夜接近荒涼的車站，陰影群落便立刻放肆狂舞，然後在列車駛離後復歸平靜。弦月高懸在黑暗中，如同巨怪剪下指甲後彈飛到夜空。早市裡燈泡成千上百在遠方熠熠生輝，彷彿在黎明時分互相爭著綻放光亮，那景象在未來仍不斷牽引著班的心直至死去。

他從不知道在飛逝世界中的某個地方，查莉卡跟查日雅正追著彼此嬉戲、笑鬧、哭泣，手上綁著布巾入睡，生怕在睡夢中離散，而在未來某一天，三人會成為最要好的朋友。

班不只跟查莉卡和查日雅一樣擁有龐大溫暖的家族，也同樣有個沉默籠罩的灰暗家庭。如果要叫班吃飯，他爸爸會瞥向餐盤；如果要叫他去洗澡，爸爸會遞給他浴巾；要叫他拿什麼，便伸手指一指；要叫他接過什麼東西，便把東西拿到視線高度懸著；班調皮時，爸爸便從喉間輕咳幾聲；爸爸心情好時，會替他撥一撥頭髮讓他看起來整齊一點。當睡覺時間到了，爸爸便起身關電視、關燈，讓他在黑暗中獨自入睡。

傍晚下班之後爸爸會去喝酒，他會帶班去車站前咖啡廳，或是那種窮苦人經常光顧的露天小棚屋，燈泡孤零零懸在店前閃爍，點唱機色彩斑駁鍊在店內柱子旁，像是隻凶惡老狗。而爸爸偶爾也會帶他去粉紅色房子，若不是獨棟房屋便是成排屋子裡的一間，若不是漆成粉紅色便是在門前裝設貼有紅色玻璃紙的霓虹燈管，投射出昏暗粉紅。不然就是擺設許多顯眼粉紅色物品，不論是花、窗簾、坐墊、盆栽罐、燈泡。除了房子本身之外，還有那些臉上粉撲得太白而且眼神無精打采的女子，她們總是好幾個人一起露出笑容。以及某種……某種讓這些地方看起來都十分相似的東西，不管位於何處。

在造訪那些房子時，爸爸會跟某個女子消失很長一段時間，讓班跟餘下的女人一起看電視劇，他會在角落玩他帶來的超級英雄公仔，或是在承載了太多香菸霧氣導致中間潮濕塌陷的沙發上睡著。而班相信這些房子是某種神祕組織，漆成粉紅色是局內人方能辨識的信號，女性成員們用白色面具隱藏她們的真實臉孔，正在捍衛這個世界免受邪惡勢力傷害。她們將情報交給擔任祕密線人的男子，那些男人出入時總是神色匆匆……彷彿害怕有人看到。

女人們出於好玩而將他打扮成小女孩那天，爸爸走出來看見時像是狗媽媽護衛幼犬一樣咆哮大罵。他穿了件蕾絲胸衣長及腳踝笑容燦爛，頭頂別著裝飾禮物用塑膠花，臉上塗滿了化妝品。爸爸將那件衣服從班身上扯下，整件衣服都裂開了，接著憤怒罵道：畜生！我兒子不是你們的玩具……同時從他頭上拔下花朵，我兒子不是任何人的玩具……然後抓起毛巾用力抹去他臉上化妝品，白痴臭婊子……最後便拉著他氣沖沖離開了。但女子們沒有生氣，反而一起開心笑了出來，還揮手跟他們道別，等你長大了再回來找我們啊班。

那天夜裡班覺得自己好像要哭了，想到自己藉著扮成小女孩而有機會參與過祕密任務，而那五個守護世界的勇敢女性圍著他，用他在廣告裡聽過的尖細聲調不斷說著：親愛的班……親愛的班，還接連在他臉頰上親吻以……讚揚他的英雄行徑。然而父親用一條骯髒抹布將那些榮耀印記擦去抹盡……蕩然無存。

當他想到那個搽著鮮豔亮橘色口紅的女人，泫然欲泣的感覺更加強烈，她用尖銳聲音唱著歌時，嘴唇上下開闔像是金魚游動。我的男人……離開了……只留下……喔喔……打火機……喔喔，她在歌曲裡插入苦澀嗚咽聲，像是在抽噎一般，同時在他臉上不斷溫柔搽著粉，從髮際一路搽到下頷。接著又拿出某種像是剪刀的東西夾他睫毛，又在他眼皮上抹上亮粉，班在未來許多年裡一直相信那是鬥魚鱗片。她用像是玩偶用牙刷的小刷子順了順他眉毛，然後用柔軟刷具在他臉頰刷上映射光線的粉紅色粉末，濃郁香味讓他想起口香糖。

眼淚幾乎要無法抑制，當他想起某個溫柔剎那，在那個奇蹟般須臾之間，光滑粉末在空氣中懸滯，某個女人對他說了一句話，耳語般輕盈，一粒亮粉在他睫毛尖端綻發閃爍光芒，接著……時間便靜止了。

班再也沒回到那些粉紅色房子，即便他偷偷在心裡跟那些女子們許下過承諾。而父親到過世前都沒再帶他去過任何粉紅色房子……就在那件事之後幾個月，他父親誤算了八分之一秒而沒有跳上一班火車。在她去接他同住時，班第一次見到了奶奶。奶奶身材嬌小而且十分美麗……不論是年輕時或是年事已高的時候，她目光炯炯有神而且不太笑，跟班、他爸爸還有齊特叔叔一樣不太說話，所有人都繼承了她的沉默寡言。

爺爺是個公務員，酗酒又花心，而且脾氣很壞，喜歡出於嫉妒便毆打老婆，明明自己偷偷在外面有許多女人。每次喝醉時，爺爺便會開始講一些粗魯又藐視人的話，最後用捕風捉影的理由對奶奶動手，甚至還因為害怕她太過美麗會吸引其他男人，而多次將她頭髮剪短，讓她常常得遍體鱗傷帶著一頭剪亂的頭髮躲到親戚或朋友家。當他恢復理智時，爺爺會追過去跟她求和，但幾杯黃湯下肚後就會舊事重演，就這樣不斷反覆循環著。

有一次他無意間將奶奶關在衣櫥裡三天，因為他醉到忘了把鑰匙放到哪裡去了，任由奶奶在裡面放聲叫喊，直到鄰居看不過去了才拿斧頭劈開衣櫥讓她出來。但爺爺不但沒有反省，反而還振振有詞指控奶奶跟那個男人有什麼牽扯，又揍了她一頓，甚至還跟鄰居討要破壞衣櫥的費用，街坊們全都受夠了，再也沒有人敢出手相助。最後，在一起沒幾年後奶奶終於無法再忍受，決定帶著兩個兒子逃到那空猜西縣和阿姨一起住，但爺爺還是找到他們了……

他走進來作勢要把她拖走時，奶奶正在廚房裡作飯。她抓起菜刀威脅道，要是他走進來就把自己手指切掉，爺爺聽不進去依然靠近，但他走近奶奶身邊時，她立刻往小指剁了下去，而且繼續把刀拿在手上一聲不吭。接著她抓起那節小指丟到爺爺臉上，你要是再靠近我，我就不是切自己手指了，下一個就是你那根臭屌！

鮮血濺了爺爺一臉，他退縮了，從此再也沒來打擾過奶奶，除了某次……有個男孩來到家裡，年紀跟班相仿，叫了她一聲媽媽，還說他爸爸就快死了，想見她最後一面。回去跟你爸爸說，要死就快點死一死，不要拖拖拉拉，也不用等我批准啦，喔還有你不用叫我媽媽，懂嗎？我不是你媽媽。

對奶奶來說，男人最自私，只會帶來痛苦。雖然後來還有很多好男人上門追求她，奶奶依然選擇維持單身，在一塊小小田園裡和阿姨一起種植辣椒以養育孩子，而她姨丈在多年前便因為天花過世了。為了多賣點東西，她們還租了一塊河中地種植蓮花，也種了一些空心菜，空閒時就接一些街坊鄰居的零工來做，或是幫忙修補衣服什麼的，足堪餬口的收入持續不輟。班他爸爸十八歲娶了大城府的女人還同妻子一起移居到該府時，奶奶沒有多說什麼。這種事老早就知道了，沒有人能將男人永遠留在家裡……她是這樣說的。知道他死訊也沒讓她掉淚，她坐上火車接走了當時只有七歲的班，不帶一絲偏見養育他，沒讓他感受過半點委屈，他們只是一起生活著，日子安穩平靜。

班到那裡時，奶奶的阿姨過世很多年了，家裡只剩下他爸的弟弟齊特叔叔，那是班確切感受到身邊有人陪伴的短暫時光。齊特叔叔開朗而且精力旺盛，手邊總是有事情能做，從來就閒不下來，而且還喜歡拎著班到處去晃蕩，找一些很男孩子氣的事情來做。抓青蛙、打小鳥、釣魚、划船、踢球，找各種東西來修理，有時好好的東西就修壞了。但後一年叔叔就愛上了市場裡中藥行的女兒，再過一年他便跑去中東建築工地當工頭，希望能藉此存到錢結婚……然後他就消失了。

班不明白好端端一個人怎麼會像從沒存在過似的消失了，這件事讓他怒不可遏，他孩子氣想過要偷奶奶錢去曼谷，躲在飛機貨艙裡飛到廣袤沙漠中尋找齊特叔叔。有時則用縹渺希望安慰自己，總有一天齊特叔叔會回來……出乎所有人意料之外，而且在自信滿滿完成婚禮後收他做養子。然而夢想或希望，一切都漸漸消散。

最後聽到的消息是大家口耳相傳的說法，據說有個臉上有刺青、罩著頭巾的女子把媚藥加在某種東西裡給他吃了，讓他神智不清得彷彿著魔似的。最後一次有人見到他時，齊特叔叔早已聽不懂泰語也想不起任何故舊了。奶奶沒有努力找過兒子，那種事她老早就知道會發生。

唉，男人就是會那樣，出了名的，不用有人給他們下藥或是拿什麼給他們吃，他們原本就會走上那條路。

4 苦痛之繭

塔尼舅舅在兩姊妹的媽媽過世前一天黎明抵達河邊的房子。她彷彿在等著他似的，雖然她並不知道他會來。又或許是他的到來，才讓媽媽覺得可以離開了。沒有人知道媽媽是怎麼想的、感覺到了什麼，甚至也不確定過了這麼久之後，她是否還能思考或感覺到什麼。

別以為死了就能逃離我身邊，從爸爸死後，媽媽便一直這樣詛咒他的靈魂，喃喃自語交替著哀號哭泣，有次還像流浪狗尋找埋藏的骨頭一般在墓穴上不斷扒翻土壤。但幾個月後她便停下來了，再也不跟任何人交談，像是把能說的話都說完了，再也沒有什麼事情需要開口。不僅如此，她似乎也停止接收別人對她發出的聲音，或是周遭發生的一切。

媽媽早上起來便走到香欖樹下那張藤椅，安靜坐上一整天，一開始廚娘彭阿姨會端食物和飲水過去放在旁邊，但她碰也不碰，查莉卡只得主動餵食。從那之後，查莉卡才十二歲便得獨自照顧媽媽的一切，洗澡、餵食、剪指甲、著裝、將布巾繫在只剩幾撮髮絲的頭上、帶她去睡覺，還得找人來架設遮雨棚，因為颳起狂風暴雨的午後媽媽也不願進屋躲避。

最後查莉卡必須代替媽媽擔負起所有家務，從最基本的每日飲食、查日雅生病時帶她去看醫生、在自己和妹妹聯絡簿上偽造家長簽名，乃至日常必要支出，水電費、學費、治裝費，以及彭阿姨和保母努恩的薪水。當時努恩懷上了第一胎，有三個男人同時說要當爸爸。女傭尼昂的份倒是免了，爸爸過世後那人便因為怕鬼辭職了。這些事對查莉卡也不難上手，她只需要從地租收入裡撥錢出來用就好了，媽媽在爸爸病重時便把家中土地幾乎都租給了鄰里居民，剩下的只有從家門口的道路延伸到河邊的這塊土地。而請塔尼舅舅回來看看媽媽內心究竟怎麼了的那封信，自然也是查莉卡所寫。

媽媽在生命最後幾個月幾乎什麼都不肯吃，身體也日漸萎縮，塔尼舅舅忍不住將眼前的妹妹和她幾十年前仍身形嬌小、只有十幾歲的樣子混淆了。他抵達後便在妹妹身邊坐了一整天，看著金黃色耀眼日光，眼裡半是訝異半是著迷，在他們兒時一起栽種的香欖樹下和她說話，嗓音溫柔。

那些他們小時候的細碎瑣事，例如他拔下過她新洋娃娃的頭，只為了知道它是怎麼睜眼、閉眼，最後卻不知道該怎麼裝回去，讓妹妹一連哭了好幾天；或是有次他挖了個洞然後在上面鋪報紙撒滿砂土作為掩飾，想保護細心飼養的珠雞，但最後只讓碰巧經過的妹妹跌了進去，沒能抓到那些喜歡偷偷鑽進來偷吃的澤巨蜥，他氣得半死。他還記得媽媽喜歡在暮沉時分划著小船帶他們出去，讓兄妹倆躺在她的大腿上，落日像是一顆巨大的鹹蛋，船緩緩漂過河流兩岸的樹叢陰影，烏鴉在漸漸淡入的月色下振翅歸巢。

接著他開始對她自陳從未對任何人說過的古早祕密。譬如他會半夜爬起來組裝偷偷藏起來的模型飛機，因為他很害怕她發現的話會淘氣玩到讓細小零件佚散；他送給她當生日禮物的小狗是偷自雜貨店，但當時卻騙她說是在校門口看見找不到媽媽的小狗。還有他暗戀過她朋友，整整兩年時間一直寫匿名信給那個女孩。

直到太陽即將隱沒在天際的那一刻，他才首次說出身處遠方時有多麼思念她，他說他常常同時戴著兩支錶，一支設定了泰國時間，讓他可以想像她正在做什麼；他每天會開兩次信箱，仍每日等待她來信。而且他始終懷抱著能回家和她一起變老的夢想。

接著他便安靜坐在妹妹身旁，神色自若，即使香欖樹的落花如雨般落下，即使看著妹妹的最後一縷生命在眼前慢慢昇華，即使黑暗如墨水一樣籠罩下來，直到隔天早晨她再也沒醒來，他都一直維持相同姿勢。塔尼舅舅找來工人把查莉卡的爸爸挖了出來，好跟她媽媽一起舉行儀式。而令眾人吃驚的是，原本在他們記憶裡埋得很深的棺柩竟然沉得更深了，讓大夥兒花了將近一整天的時間，最後還是挖到四公尺深才找到。

坐船出海漂送爸爸和媽媽的骨灰時，在海天交融的深灰色之間，查莉卡揣想著，媽媽的苦痛和淚水曾將爸爸的棺木壓得那樣深，但如今都消失到哪裡去了？她不明白兩個人悠長的生命，怎麼會只剩下眼前兩個小布包裡塞得密實的塵埃？

我朋友素甘雅說，她媽媽才過世兩年，但媽媽的聲音她已經想不起來了／我們大概沒辦法記得所有事情吧查麗／而且我們小時候的事情我也開始想不起來了／我也是／如果我們忘記某個東西，有時候可能會突然想起來，但是很快又忘記了，久了之後，可能就會忘記那個東西存在過／嗯／莉卡……／嗯……／你覺得我們有一天會不會把爸爸媽媽忘了，然後他們就這樣消失了……／我也不知道啊查麗，很多跟爸爸有關的事情，我也想不起來了。

彷彿亡者在世上就此了無痕跡，在看不到彼岸的海中央，三個孤兒佇立在人生的飄盪無常之上，望著那兩人的骨灰在水面上交融在一起，像銀河一樣延伸成一道淡白色線條，隨著波紋和漣漪漸漸漂散至遠方而後不見蹤影，再見，再見，再見。

塔尼舅舅剛到時只帶了一個小包包在身上，裡面有幾件衣服和兩三樣私人物品，橘色和服的笑臉貓娃娃是給查莉卡的，藍色的則屬於查日雅。但葬禮結束後兩三個星期，六十三件紙箱陸續抵達，其中五十五箱塞滿了黑膠唱片，八箱是書，另外還有一把小提琴獨自裝在皮箱裡。

當時塔尼舅舅約莫是將近四十的年紀，又瘦又高而且戴著眼鏡，留著及肩長髮，個性隨和而且臉上總是掛著笑容，態度謙恭得讓人難以相信世界上竟然存在這麼有禮貌的人。他聽別人說話時，會專心到讓眼睛像是孩子一樣瞪大，彷彿每件事情都是他第一次聽聞而且非常有趣。有人說完話他會微微點一下頭，而且也喜歡在自己說完最後一句話時這麼做。

在頭幾個星期，塔尼舅舅會在鄰近的幾個園子走動，好跟鄰居和租賃土地的人正式介紹自己。許多人都在兩姊妹爸媽的葬禮上見過他，有些人甚至還記得他幼時模樣，雖然他兒時很安靜又不太與人來往，而且還離家好幾年了。塔尼舅舅十五歲時便遠赴曼谷就學，當時那裡甚至還沒冠上天使之城的名字。大學畢業後他拿到獎學金去福岡留學，在那裡墜入情網後有了一段短暫婚姻，接著又陷入另一段戀情再度進入同樣短暫的婚姻。後來他辭去大學教職，在東京郊區開了一間小小的黑膠唱片行，那段時間裡他唯一一次返回泰國是在兩姊妹的爸媽結婚那天。

跟左鄰右舍都打過招呼後，塔尼舅舅便招來律師明文寫下所有租賃契約，接著重新釐清原本查莉卡弄得蕪雜的帳戶。他把妹妹的存款平均分給兩姊妹，然後把地租收入拆成三份，學費及日常支出各一，剩下的再均分為三份，每月持續匯入查莉卡、查日雅以及自己的帳戶。

接著他花了將近整個星期的時間，看完幾乎塞滿每面牆壁的無數張照片。攝自不同地點的照片裡，兩姊妹的爸爸彷彿都在用悲傷眼神看著鄰近相框中的另一個自己，身旁的媽媽則有著寂寞目光和太過浮誇的笑容。擠在狹窄相框裡，兩人或坐或站，照片或小或大，有的直拍有的橫拍。

釘起的上千張照片原本像是戰勝了另一個女人的證書，最後卻變成努力想證明破碎關係依然存在的絕望紀念碑。兩姊妹的媽媽始終無法見證那樣的婚姻，即使她無比渴望想看到，也投注了無數心力，但最後只是身處目光環視之中。更糟糕的是，她弄壞了牆壁，而那一雙雙眼睛像是靈骨塔內臉孔一樣盯著她不放。

塔尼舅舅將所有照片收進箱子裡，把家裡各處修繕完畢，用近白淺綠重新漆過整間屋子，丟掉那張兩人份的渴望侵蝕過的藤椅，置換嶄新家具。敞開家裡仍滿是聲響時起便掩起的窗戶，讓風吹進來帶走那些在罅隙裡結晶閃爍的淚漬。原本自天花板到地板都被照片占滿的三面牆壁上做了架子，整整齊齊擺上他的黑膠唱片。

接著他在牆上撤下的照片裡挑了一張出來，那是一張在相館裡拍的黑白照片，約莫是兩姊妹的爸媽新婚時所攝。爸爸穿了一件剪裁良好的乳白色西裝，媽媽穿著白色套裝坐在前面，他手搭在她肩上……彷彿正給予承諾。兩人都還年輕，臉上笑容燦爛，目光明亮閃爍，在柔和燈光下看起來平和靜謐，彷彿空氣中有一層薄霧籠罩著他們。裝著相片的是教堂裡擺放聖人畫作常用的那種白色鑲金框。兩個人看起來耀眼奪目，喜樂神情遠離一切汙染，看起來如此完美無瑕。

塔尼舅舅將照片懸在飯桌旁，希望兩姊妹不僅那樣記憶著父母，還能在心裡牢牢記著一件事，永遠不會在往後的人生裡停下來多加懷疑，……她們確實是因愛而降生。

5 膠水罐裡的鬥魚

班、班，她揮了揮手，我是查麗啊，你還記得我嗎？燦爛笑臉，明亮的眼眸，前面是陌生人，後面也是陌生人，雖然身處陌生臉孔之間，但他怎麼可能不記得呢？班回以淺笑，心裡浮現她多年前樣貌。當他鬆開交疊雙手，海桑樹下捉到的螢火蟲便振翅飛入靛藍暮色中，那時她就是這樣燦爛笑著，而那是好久好久以前的事了……好久好久。

The Cure樂團的〈Pictures Of You〉在耳邊炸開……世上再無其他事物，比感受到你在心深處更令我嚮往……班慢慢拿下貝斯放在舞臺一隅，接著慢條斯理走過香菸的寂寞煙幕和五光十射的照明，嗨查麗，他招呼道，走到位於角落的桌邊時顯得有些羞澀，桌上散亂著龍舌蘭酒杯，以及擠過的檸檬片和星塵般撒開的鹽。班……她聲音溫柔開口道，你把頭髮留長了啊，他笑了。她也留了一頭簡單綁起來的長髮，耳後繫著天鵝絨織成的紅色玫瑰，上身穿了無袖黑色T恤，紫色吉普賽裙一層又一層，脖子上掛了大概一百個項鍊，看起來是個十足成熟的女人。

我想不到／哥你過得好嗎……她大聲喊著蓋過音樂，我很好，查麗妳呢……／很好，我很好，女巫們……這是班，班……她們是女巫。三個女巫咯吱笑著，滿臉紅暈，看起來都醉得不輕，我是女巫坦雅，女巫烏萊，女巫拉葳，三位女巫笑著自我介紹。你也玩音樂啊班哥？玩很久了嗎……／在這裡兩年多了／太好了哥，我沒想到會再見到你。以前查日雅跟他和查莉卡講話時，偶爾會用晚輩的自稱詞，但從來不會叫哥啊姊的。

妳也聽搖滾樂嗎……班露出戲謔笑容，嗯，我朋友都很喜歡／那妳有跟莉卡碰面嗎……班問道，雖然不確定自己是不是想聽到她的回答，久久才一次，我兩三個月沒回去了，那你呢……他從她回答裡知道，她很清楚他會怎麼回應，我也沒有，每天晚上都要演奏／嗯，不知道塔尼舅舅好不好……塔尼舅舅好嗎？莉卡好嗎？那條河好嗎？水面映射的刺眼陽光自多年前照耀而來，亮得讓他閉上眼睛，睜開眼才發現只是店內燈都打開了……真亮啊，那是令躁動心靈沉船的時刻，酒吧要打烊清掃了。我就住在附近，哥你送我回去吧，我想再跟你聊聊，女巫們又吱咯笑了起來，查麗漾開淺笑揮手制止，班是我最好的朋友／最好的朋友……三個女巫施咒似的齊聲複述。

馬路空蕩而寂寥，整座城市都陷入沉睡，查日雅帶著他停在十字路口，短暫看著號誌變換顏色指揮一片虛無，接著走過好幾棟年代相異的建築，隱身在幾個小時前仍十分忙碌的寂靜店鋪後方，踏入街區中心狹窄的小巷弄裡。左轉接著右轉後不知轉過了幾次彎，兩人終於抵達了滿是植栽的門前，植物密集得讓他一度誤以為這是棟荒廢房屋。先進來吧班，她輕聲說道，踮著腳尖往前走，努力在落了滿地的老鴉煙筒花細長花瓣間找出幾乎不存在的小徑。這裡有點亂，哥你也知道我喜歡植物，我知道，我知道……班在黑暗中微笑，沒有開口回應什麼，老鴉煙筒花溫潤的香氣瀰漫在空氣中。

穿過黑暗花園後是通往黃色屋子的門，屋裡堆滿了各種東西，牆壁上懸掛了琳瑯滿目的耳環和項鍊，飾品間穿插著一張莫迪利亞尼畫作的明信片，留著瀏海的女子臉孔纖長，穿著黑色洋裝。除此之外還有演唱會的票、電影票、寫有筆記的小張紙頁、水電費收據。牆上正中央則是一張巨大海報，芙烈達．卡蘿最後一幅作品……剖開的豔紅西瓜上刻著她的不朽話語，*Viva La Vida*……生命萬歲。

地板上成堆書籍沿著牆壁往上爬，絲綢般粉紅色牡丹插在綠色中式花瓶裡，旁邊是塔尼舅舅的小提琴盒，架上ＣＤ凌亂擺放，椅子上垂掛的悲傷紫色是一條印有花朵的輕薄圍巾，還有一隻黃色虎斑貓，蜷曲著身體躺在房間角落粉紅牡丹花紋枕頭上。班……這是Yellow叔叔，Yellow叔叔……這是班。查日雅的話跟介紹他給女巫們認識時如出一轍。但查日雅口中的叔叔一副置若罔聞，站起來伸個懶腰後瞥了他一眼，隨即坐下來看向別處，接著又轉過頭來注視著他眼角邊緣外某個地方，沒有目光交會，沒有博得貓的好感。

古意盎然的立燈垂著一串串流蘇，旁邊則是上面堆了一大疊紙的書桌，桌上還有一個胸部下垂的木雕非洲女人，表情皺得像條魚似的，就站在穿著藍色和服的笑臉貓娃娃和兩三顆白色河石旁邊。然後便看到她跟查莉卡的合照……兩人像暹羅雙胞胎恩跟昌一樣肩搭肩抱在一起，用同樣孤獨的眼神看著鏡頭，笑容有相似的寂寞，背後是暗綠色的天空與海洋。

房間另一側窗戶下，有塊跟貓叔叔睡榻十分相似的牡丹花紋軟墊，但是體積大得多了。旁邊是緬甸舞孃樣式化妝盒，雕琢了鮮豔花紋，磨損出一種恰到好處的美感，可惜盒中鏡子已佚失，也許是隨著時間毀壞了。有件事我好久以前就想說給你聽了，帶著苦味的依蘭花香混合其他氣息撲鼻而來，水梅、大馬士革玫瑰，還有老鴉煙筒花薄霧般的味道。舒曼的降E大調鋼琴四重奏，作品四十七，第三樂章，查日雅淺淺笑著，看起來卻跟照片裡一樣寂寞，輕狂的風一陣陣吹拂著。我第一次聽就想到你，她邊說邊按下音響的播放鍵，接著和他一起半坐半臥在牡丹花紋軟墊上，眼睛閉上吧，班。

接著……嘶啞大提琴聲柔軟延展開來，落在小提琴和快活追在後頭的中提琴上，班往後靠向牆壁，閉上眼睛聽著。他沒聽過這首曲子，甜美中帶著企盼，但旋律中卻有一絲痛楚與不安，美麗卻又苦澀走調，溫暖但清冷淡漠。鋼琴隨後滴下音符……如水珠點點、點點落下，落在她吐氣般話音上，我好想你，班……

突然間，消失許久的孤獨和悲傷在他內裡再次復返，難以抑制……在他荒蕪過的心中。想過嗎？她想過他嗎？在過去這麼多年來有過那麼一次嗎？從她那樣拋下他們所有人之後。有嗎查麗？有過那麼一次嗎……想念他？舊有的情緒如潮水翻騰般淹沒他內心，他從未意識到的哀聲哭號在深處洶湧。

彷彿僅用指尖勾住的一縷絲線，飄盪過後在宜人風中吹失，接著又以和緩韻律意外復返，再隨風婆娑擺盪一陣後便就此消失無蹤，美麗旋律如斯般溫婉作結……陷入寂靜。班緩緩嚥下苦澀滋味及胸中萬千心緒，接著再次睜開眼睛，穿過依蘭花傷痕累累的氣息轉頭望去，只見做吉普賽打扮的女子早已睡著了。淺紫色水滴狀寶石耳環閃爍的光芒映射到她眼角，讓她看起來像是個在夢中哭泣的人，不知何時走到他們身旁的黃色貓叔叔也睡了。

啊……這是他想記得的模樣，他想記住她這個樣子，流浪中的女人，在睡夢中落下紫水晶般淚水，微微發光的手搗在胸口，在堆滿一切事物的房間裡，在夢想破滅的城市中。

……我也想妳，查麗。

她仍兀自將右手放在心口上熟睡時，班頂著他從未見識過的黎明走了出去。當他一打開門，原本在黑暗夜色中看不見的花園便在陽光照耀下展現。以綠色在世界上存在的所有色調為背景，他眼前有上千種花朵正放肆盛開，碩大的朱纓花優雅立在中央，在半空中鋪滿耀眼的粉紅色花朵，宛如節慶裡滿天的花火。一旁的紅花玉蕊蜷曲著身子，灑下一地落英。周遭則有彎子木、隆都花、稜萼紫薇、寶冠木、紅花鐵刀木、鳳凰木、鐵力木、大花紫薇，印度榕油亮的紅色新葉正在抽芽，一棵香灰莉木立在旁邊，再裡面還有水梅以及兩三株他叫不出名字的植物。

較低的地方則有灌木叢、木芙蓉、雞蛋木蘭、臭茉莉、大麗花、菊花、夜花、梔子花還有大馬士革玫瑰。嬌嫩欲滴的粉紅色大馬士革玫瑰遍地綻放，薔薇女士……她以前喜歡那樣稱呼生命中第一朵大馬士革玫瑰，古老名字加上貴族封號佐以頌詞結尾。接近地面的位置滿是無名小花，萬紫千紅、粉藍交織，穿插著一些香草和食用植物。沿著陰影看過去則是各式品種的蕨類，交錯簇擁在一起，令人幾乎看不到狹窄鋪設的石板路。蜿蜒小徑左彎右拐，最後消失在千年芋叢和形狀詭異的野蘭花間，姿態妖嬈的印度馬兜鈴在其他樹木的枝幹上垂下莖藤。

恍惚迷茫，彷彿正在穿越陌生人的夢境，班慢慢走進隨露水蒸散而瀰漫濃郁香氣的眾多花草之間。他一步步緩慢踏過失去形跡的石板，經過宛如燃燒星火般不時穿透葉叢的明亮陽光，經過撲面而來的微風，經過鳥與蝴蝶，以及歡快飛舞的各種昆蟲，過了很久他才意識到自己失去方向。但他仍然在那片香氣裡又待了好一陣子，最後才終於找到大門。當他沿著昨晚那條狹窄巷弄走出去時，依然有種如夢似幻的茫然。

沒注意到漏轉了一個彎，或是兩個、三個甚至更多個，他發現自己又站在剛剛經過的巷弄裡。班走向站在角落屋前的老者想要問路，驀然瞥見那人身後掛了房間出租的看板。不知道為什麼，他沒有問路，反而開口問了賃居的事。在四樓的黑暗房間裡，瀰漫著舊日時光和各種廢棄物品的氣息，班發現這裡就是頂樓，不小不大，房租也不貴，前面還有一片廣大的天臺空地，讓他想起學生時期沉迷過的陶藝課。但在一切條件之外最吸引他的事情是，那裡除了安靜的房東老先生章叔之外就沒有別人了。

或許……他心想，或許只要從下面那扇窗戶看出去……就在不遠處，那座奇妙花園就在和煦陽光下美麗奪目。紅花玉蕊垂落的串串豔紅讓他忍不住自憐，他想起位在骯髒公寓裡，原本租賃的狹窄套房。他夾在兩戶之間，住在其中一邊的夫妻早上吵架時跟豬狗一樣互罵，但晚上做愛時卻又像貓似的整夜嚎叫。另一邊則是禿頭肥肚的醜陋推銷員，販賣一種集熨斗、烤箱、熱水壺、吹風機、驅鼠粒子發射器、收音機和鬧鐘於一身的怪誕發明。那人整天都無所事事，只會用各種理由敲班的門，自顧自講述各種情色冒險，吹捧自己難以抗拒、遠勝儕輩的男人味，全國女人甚至妓女都因為他無與倫比的性能力哀嚎不已卻又回味無窮。

而住在班對門的女子，每次遇到班都會要他幫忙修電視，儘管總是沒有任何地方故障。而她一找到機會就會跟他講鄰居們的八卦，從第一間講到最後一間，遇到好日子甚至還會扯到別層樓的人，有些人班甚至從沒見過或是不確定那個人是否確實存在這世界上。節目尾聲總是她謳歌失敗戀情殘存的化石，我真的很愛他啊班，她會在闡述這段愛情史詩的每個章節裡強調自己有多愛那個男人，但班很確定他耐著性子聽過整段故事上百次了。

更別提那些總是用力甩上房門、成日衝著彼此咆哮與咒罵的住客了，還有那部從每個房間裡傳出整齊劃一聲響的肥皂劇，它的無上宰制力打造出永不止息的環繞音響。共用廚房的桌上有腐爛食物擱在盤子裡，門口堆滿滲出汙水的垃圾袋。而早晨醒來時，冷冽的孤寂都像蛛網一樣覆在他身上……

班不像查莉卡在十歲時便獻身為虔誠的言情小說讀者，或是每天都知道自己又想成為什麼的查日雅。後者想過要成為考古學家沿著那空猜西河發掘古代遺跡，也想過要成為自創貓教的修女，完全忘了前一天她原本想成為踢踏舞者，只因為剛好在歐美電影裡看到……與姊妹倆不同，班從來不知道他想成為什麼。

等回過神來時才發現留了長髮，穿著古舊T恤和破爛牛仔褲，在四人組樂團裡彈貝斯。在叫做The Bleeding Heart的小小搖滾酒吧裡，有一小群死忠粉絲會輪流著接續來看他們表演。然而除了疲憊和乏味，半生不熟的年輕人美夢沒有帶給他太多，只是忍耐著……一次又一次演奏相同的搖滾歌曲，在香菸寂寞漂浮著的灰色煙霧中看著自己的心破碎，墜入黏膩的情慾深淵，笨拙、緩慢、沉靜，像是在膠水罐裡咬成一圈的鬥魚。

不明所以的燦爛笑容、膚淺的友善互動、超乎現實的巧合，那些總是藏住半邊臉孔坐在昏暗角落的女子，只需要這些便足以在某些夜裡……讓班在深夜盡頭把心交出去碎得一塌糊塗。他會讓某個從未見過的人帶他到他從沒去過的臥室過夜，成為無數女人一夜至兩夜的鐘點情人。而到二十六歲的此刻他才發現……抱著陌生人纏綿床笫，在彼此的身軀上宣洩空虛情慾，這麼做能帶他去的地方沒有多遠，頂多只是讓他不用在整齊的床鋪上孤獨醒轉而已。

好幾次，會有某些女人在隔天晚上及之後的晚上回來，接著……你愛我嗎？她們遲早會問出這句話。而他總是無法讓她們理解，她們有多麼迷人且值得被愛，他有多麼榮幸可以跟她們共度良宵，以及他下半輩子如果能夠每天在她們身邊醒來的話絕不會有一絲悔恨。但不是那樣／沒有／對不起……愛情是另一回事。

接著那個女人會把他趕出房間，大哭一場後出門工作。他獨自走在狹窄陰暗的走道上，豎起耳朵聽著每扇緊閉門扉裡的古怪聲響。一則悲劇新聞，一聲嘆息，鬧鐘尖銳的叫聲，在走道間迴環往復的風聲，某人夢中的囈語，有時……是其他房間內另一名女子，正在出門上班前躺在床上大哭。

某天早上醒來，他決定不再讓心流連在纏綿重悱惻的懷抱裡屢屢破碎，索性就一直孤獨下去，不需要他的存在，那些女人原本就有很多事情夠她們哭了。班不知道要怎麼解釋無法解釋的事……如何解釋？他愛的所有人都不在了，他擁有過的家庭都瓦解了，他無法擁有任何人，無論感情深淺都消失了，乾脆讓寂寞每天早晨都包裹著他直到斷氣。只是嘴裡會有些苦澀，只是胸口深處有些寒冷……只不過是一些感覺而已。

但此刻，他從來沒想過……風中飄盪著那片芬芳花海傳來的濃郁香氣，剛剛跟著他走出來的黃貓正獨自坐在門口，那人仍在堆滿一切事物的房間裡熟睡，就在他一眼可以望見的咫尺之外……咫尺之外。

班那天下午便把行李搬進這個頂樓的房間，在淡香中短短睡過無夢的一覺，那是大馬士革玫瑰的氣息，……雜在風中從查日雅的花園吹拂而來。

6　翡翠寡婦蜘蛛

約莫是媽媽過世那一年，或是那之後不久，當時查日雅仍致力於成為偉大探險家。她喜歡在早已全都租給鄰居的園子裡漫步，好收集各種石頭、礦物、古代遺存、古怪生物，還有那空猜西河裡尚未定名的昆蟲。她脖子上掛著果醬空罐，手裡拿著從哲婆婆那裡借來的放大鏡，太陽才剛剛升起，前門口園子裡露水都尚未蒸散，她是在那個時候看到了柚子樹上那隻蜘蛛。

牠跟火柴頭差不多大，腿長約有一吋半，和吉丁蟲一樣綠，屁股和檸檬一樣黃，光澤油亮而奇特。她試了好幾次想把牠罩進果醬罐裡，但牠卻像在戲弄她似的，從一棵柚子樹跳到另一棵，就這樣整個早上在柚子樹之間來回跳動，直到最後在下午時跳進屋裡。

查日雅看到國家傑出探險家的獎盃飄在她眼前，她相信這隻屁股有如寶石一般的翡翠寡婦蜘蛛，一定會是昆蟲學界的偉大發現。而且不僅屁股有寶石的昆蟲能為瞭解神祕昆蟲世界帶來重大突破，其他上千個學科也會因此受到吸引，蜂擁而來尋找淹沒在河岸底下的古城，雖然她也不確定。無論如何，或許都跟這隻品種古怪的蜘蛛關係深厚。

她愈想愈是入迷，立刻跟著牠追進屋子裡，一步併兩步爬上樓梯，她相信蜘蛛一定是想返回從來沒人能想像出來的奇異巢穴，而神祕入口就在她家屋子裡。查日雅學著書裡習得姿勢將果醬罐舉成六十度角，但才到樓上……眼看就要捉到了，蜘蛛卻立刻改變計畫，用最後一次長躍跳進浴室裡，接著迅速消失在角落。

當時她發現了某件古怪東西，在放大鏡下……查日雅看到浴室最裡面那塊木板比其他木板略高了剛好十二分之一吋。她用食指輕易將那塊木板緩緩扳開，接著就發現了不太可能存在的狹窄夾層，裡面放了某個東西。拿出來看便發現那是一個表面鍍鋅的藍色盒子，印有繫上紅色緞帶的粉紅色愛心和兩三塊看起來十分可口的巧克力等圖案。打開來只見摺得密實的白紙，但拆開便看見裡面藏了寫有字跡的好幾張紙，以及一枝筆和兩三個信封……

羅莎琳，羅莎琳，羅莎琳，我要在心裡反覆唸著妳的名字。我早上醒來時，便想著妳是否仍在熟睡或是醒了？妳是一個人還是在誰的懷抱裡？我每一分鐘都想著妳正在做什麼、在吃什麼、睡了嗎？

我的羅莎琳，與妳相隔遙遠最糟糕的事情是我無法得知妳的任何消息（劃掉），即便如此，離妳愈遠只是讓妳的容貌在我心中更加清晰，妳在我思緒裡益發美麗，而我周遭所發生的現實只讓我更加厭惡。

若不是仍帶著能回去找妳的希望，我真不知道自己該怎麼度過這些日子。我（劃掉）每一絲呼吸都在思念妳，我折磨得彷彿墜入煉獄，我不明白自己怎麼會讓我們陷入如此痛苦的境地，我們（劃掉），我一定會回去找妳。羅莎琳，我保證無論如何，不論是生是死，我都會回去陪在妳身邊。

查日雅又翻看了兩三張信，全都是寫給那個叫羅莎琳的人，接著便將它們塞回盒中，又拿起放大鏡湊近那個夾層，最後一次嘗試尋找那隻跟奧運選手一樣能跳的蜘蛛，但除了陰影之外什麼也沒看到。她將盒子放回原處，把木板依原樣蓋好，一輩子都沒跟任何人提起過這件事。

莉卡，妳覺得河岸底下有沒有古代城市……／嗯？／而且那裡還有很古怪的昆蟲……／怎樣古怪？查莉卡從書本抬起頭來，譬如屁股會有寶石那樣啊／屁股有寶石也太奇怪了吧／嗯……查日雅緊閉嘴巴想了一下，但我看到了莉卡，我親眼看到了，呃……就在剛剛而已，牠的屁股真的是寶石／我也不知道，但妳怎麼知道牠屁股上的寶石不是牠的蛋呢……／寶石蛋嗎……／嗯／那一定還有別隻，牠們正在花園裡面找地方下蛋，哇……幾萬顆寶石蛋欸莉卡，幾萬顆寶石……

一臉貪婪的查日雅匆忙起身跑了出去，讓自十歲起便陷在小說中現實與夢想間模糊界線的查莉卡再度回到那個世界。查日雅跑回園子裡尋找那些會在黑暗中閃閃發光的微小蛋粒，但那隻奧運選手似的翡翠寡婦蜘蛛，在她遺憾失手後……便再也沒讓她見到過。

那是查日雅身為女性探險家在昆蟲學界最後的工作，雖然接下來一年她仍然抓過一些螢火蟲關起來做生物燈籠，也會蒐集廚餘培育她的蝦米殖民地。但沒幾個月後，她便學起電視裡看到的歐美女生，活力充沛勤練踢踏舞，而且下定決心要轉換跑道成為一名百老匯演員。這次重大的志向轉折發生在那趟大冒險之後沒幾天，當時她潛入河底探索古代城市的線索……

那是五百年來最熱的一天，昆蟲們自中午起便喧囂鳴叫，烈日晒得河水熱氣蒸騰，飄盪在水面上宛如冬天清晨的薄霧。燠熱讓查莉卡幾乎要對正在閱讀的小說裡留學歸國卻天真幼稚的男主角失去耐性，她忍不住懷疑外國的教育到底是怎麼回事，為什麼花錢去讀了書回來卻那麼輕易受矇騙。

但突然間，昆蟲全都斂翅噤聲，查莉卡抬頭看向高大的海桑樹，雖然它立在水中，但樹葉還是晒得蜷曲。汗水一道道在背上緩慢流下，剛剛仍吹撫著的風也停下來了。河面平靜無波，彷彿一面巨大的鏡子，映照著正快速飄過來籠罩住藍天的一大片烏雲。查莉卡立刻起身放聲尖叫，她沒看到幾分鐘前還在眼前不遠處游泳的妹妹，當烏雲飄過、不知從哪裡冒出來的人群逐漸聚集、坐在附近釣魚的男孩跑過來時，她的尖叫聲都沒有停下來。她不斷語無倫次尖叫著，直到那個男孩跳入水中⋯⋯

查日雅慢慢潛入河底，以躲避讓鼻尖晒傷的炙熱，抬頭只見大小不一的氣泡從嘴裡冒出來，彷彿星星閃爍盤旋而上，尋找溶解在河面上的太陽。那時她很肯定河底的古代城市一定就在某個地方，只是跟塔尼舅舅幾天前說過的亞特蘭提斯城一樣遭颶風吹毀了。她轉身環顧四周，試圖用視線穿過眼前黑暗，但幾乎什麼都看不到，除了從水面上灑下的光影，明晃晃照亮一堆朽木。

兩隻水母緩緩從她眼前飄過，她心想那就像是她跟查莉卡，一起從大海迷路到了河裡。查日雅皺動著臉想要示意她們⋯⋯不是這裡，查麗、莉卡，你們走錯路了，大海是另一邊。但水母查麗跟水母莉卡渾然不覺，仍然漂浮著透明發亮的身體繼續往上游前進。她聽見岸上傳來像是鳥叫的尖聲，雖然模糊但不斷重複著，不遠處的四、五隻銀高體鲃轉身游走，牠們身上銀亮閃爍的鱗片彷彿在發送摩斯密碼。

查日雅轉向另一邊，用目光尋找著能夠指向消逝古城的線索，以及那些屁股是寶石的翡翠寡婦蜘蛛，或許牠們是水陸兩棲，而且聚落就在這裡也不一定。她聽見水流的漩渦正在低鳴，不斷生滅的氣泡也古怪作響，她的心跳穿過水流大聲傳了上來。接著她眼角瞥見某個東西在移動，轉頭只見一隻巨大蝠魟，查日雅靜止不動，希望牠能游近自己，好讓她能夠看清楚一點，但牠卻游往另個方向。在後面更遠的地方，她看到一個男孩正揮動雙手轉來轉去在尋找什麼東西，查日雅祈禱他不要發現她，立刻閉上眼睛憋住呼吸在水中漂浮著，假裝自己是一叢水草。

水將班團團包住，讓他聽不見岸上女孩的刺耳尖叫，那些聲音像是被吸入天際一樣立刻變得既模糊又遙遠。他伸手在周身揮動著，目光在昏暗中四處尋找，但除了被水面灑下光影照得明晃晃的一堆朽木之外，什麼都沒看到。

接著他眼角瞥見有東西在移動，轉頭只見那是一隻蝠魟，當牠游過他身邊時，他看到一叢水草在泥地和水面間古怪漂浮著。但他又仔細看了一次，便發現就是那個女孩，她閉著眼睛微微張開四肢，肌膚透著古怪光亮，凌亂長髮像黑色的火焰一樣漂浮在頭上。班立刻游了過去，他感覺她似乎迅速睜了一下眼睛，那時他立刻想起這是世界上唯一說過要把他帶回家當親哥哥的人。但當他靠近時，卻發現她仍然閉著眼睛……失去意識。

查日雅仍然是一叢水草，沒有看到男孩游近她身邊，當他從背後抓住她時，她驚慌下忘了自己在水裡。她大喊著，走開，不要管……她的聲音被水推了回去，查日雅因為嗆到而開始激烈掙扎，而班一心只想把她拖回水面，沒有發現她正在抵抗。查日雅氣得又叫了一次，放開……而話語再一次被水推回她身體裡，那時她又看到那兩隻水母正緩緩在黑暗中結伴漂浮著，愈來愈遠、愈來愈遠，愈來、愈遠……那就是她最後看到的畫面。

女孩比班預期的更重，他得使盡全身力氣，而且感覺像是經歷了永恆才把她帶上水面。但他沒有休息，用盡最後一絲力氣把她扛在肩上，搖搖晃晃往河邊涼亭走去。他沒意識到自己也嗆到水了，沒注意到一隻腳開始抽筋，也分不清正不斷滴落的究竟是河水還是淚水，他不明白身體為什麼在酷暑仍兀自發抖，也不知道那股攫住他的恐懼從何而來。

但當他聽見肩頭上的她開始小聲咳嗽時，世界便平靜了下來，班慢慢將她放下，只見那位應該是姊姊的女孩不再發出刺耳尖叫，正站在一旁啜泣低語。躺著的女孩緩緩睜開眼睛，慢慢眨了幾下，看著睫毛尖端的水珠映出的層層彩虹。查日雅凝視著班逐漸稜角分明、脫去稚氣的臉龐，看著不斷開闔卻沒有發出聲音的嘴唇，炯炯有神卻從深處透露出孤獨的眼睛。

記得卻又不記得，她想過要帶一個男孩回家當親哥哥照顧；她記得卻又不記得，班就是那個靛藍暮色中，坐在滿地鳳凰木落英裡的男孩；她記得卻又不記得，她見過他，若非此刻……此世，便是在某個地方……某次生命中。

天空垂了下來，低得彷彿觸手可及，落葉像一排黃點自烏雲下飄過，天邊最後一縷陽光落在班側臉上，那雙銳利眼眸溫柔舒展開來，幾乎像是父親正在凝視著新生兒的眼神。

彷彿很久以前就打算這麼做了，彷彿剛剛什麼事都沒有發生，快下雨了，你要不要先來我家？查日雅輕聲問道，接著露出燦爛的笑容。

最後……她終於帶他回家了。

7 四個孤兒與夢之樹

而聲音再次找到了返回這間屋子的道路。一開始，塔尼舅舅按照編號播放艾瑞克．薩提的《裸體歌舞》，在家裡打造出空靈的音樂背景，輕盈得讓姊妹倆幾乎沒有感受到空氣中多了什麼東西。當所有人包括班都不自覺被吸引到客廳，養成了在那裡看書、寫作業或是做任何事情的習慣後，舅舅便意識到是時候引領孩子們瞭解更多音樂了。

他轉而播放較簡單的樂曲，例如貝多芬的《春天奏鳴曲》跟鮑羅丁的《第二弦樂四重奏》。雖然只用了少少幾件樂器，卻創造出深刻甜美的感受，門前栀子花頓時綻放盛開，查莉卡只得緊咬下唇不讓自己哭出來。當時她仍不能明白，為什麼每次見到住在三棟房子之外正就讀軍校的男孩，周遭就會颳起旋風。

在那之後則輪到堆滿情緒的樂章登場，例如令人心神激盪的布拉姆斯《第四號交響曲》，那旋律催使查日雅再度回過頭去瘋狂發掘陀羅缽地時代的珠子，但在黑暗孔竅中，她除了迷途蚯蚓之外什麼也沒有發現。或是蕭邦那些淒涼的夜曲，以及悲傷得彷彿在為尋愛路上死亡的心靈獻上輓歌的貝多芬《第七號交響曲》第二樂章，孩子們都不明所以跟著憂鬱了起來。還有拉赫曼尼諾夫《第二鋼琴協奏曲》叫人心碎的旋律，從第一樂章起便讓人在口中浮現一股宛如含著未熟羅望子的苦澀甜味，而且延續了好幾天才會消散。

接下來許多年，家裡便被浪漫主義時期甜美憂傷的音樂緊密聯繫在一起，好不容易才來到了德布西的《月光》，它飽含幻想的意象如此奇妙，永遠改變了他們看待月亮的想法。或是艾爾加在《大提琴協奏曲》裡表達出的戰後絕望感，對悲慘死難的描寫遠比生命本身還要美麗。而那之後又過了長達一年的時間，他們透過楊納傑克的《在迷霧中》來到二十世紀初，數以百萬同時迸發的情緒哀悼著一位父親失去摯愛女兒的痛苦。杜替耶的現代主義作品《夢之樹》裡層次堆疊的悲傷讓家中物品全都亂了位置，孩子們在家裡焦躁漫步著，無法將作業好好完成。

在那條道路上，他們還聽了無數激情昂揚的歌劇，許許多多的女主角們都在終幕的一聲尖叫後自戕而亡，還有皮亞佐拉熱情躁動的探戈，以及久久一次……邁爾士·戴維斯的爵士。

塔尼舅舅不只是位難得一見的內行樂迷，他也是個能夠將故事說得深刻、充滿力量而且多采多姿的說書人，同時還有說也說不完的故事能夠講給孩子們聽。他總是用平靜但又生動的口吻說著，讓人忍不住為之著迷，有時即使故事本身並不特別，也讓孩子們聽得興味盎然，甚至會苦苦哀求他再多講幾次。而有些故事雖然只聽過一次，卻直到他們成年了都仍然在心中縈繞不絕。

那些樂章背後軼事和歌劇內容，最純粹的悲劇總是源自平庸命運，三角戀情、誤會，甚至只是夢中情境。偉大樂曲不光是想像，而是源於作曲家悲慘、頹廢甚至屈辱的生命。貝多芬的祕戀就藏在一封信裡，雖然那名女子的身分至今仍是黑暗一般的祕密，但對她的情感卻在千百首樂曲中展現出來，焦躁不安，赤裸而深刻。孤寂將蕭邦侵噬到僅餘一雙手，他妹妹只得在他死後將它們切下來好偷偷送還母親的懷抱。莫札特的安魂曲信仰充沛得足以證實上帝的存在，成為了許多王公貴族的送葬之樂，作曲者本人卻無法獲得此待遇，他不僅死得孑然一身，甚至連塊墓碑都沒有。

除此之外還有各種奇異的傳說故事，收藏了過去、現在甚至未來所有知識的宏偉圖書館，卻在醉漢的手下燒成灰燼，讓人類只能永恆淹沒在蒙昧之中。由細碎寶石所形成的沙漠，風吹起時如同海浪一樣飄盪。像老樹一樣全身長滿節瘤的男人，他得一輩子不停走著，一刻都不能停下來，否則他的腳會往下生根，最後他會真的變成一棵樹。

在星群間寂寞滑行的巨大白蛇，經常被太空人們發現牠的蹤跡。雙子星在宇宙漫無目的漂流，每年會有一天終於能靠近彼此，只為了朝著對方閃爍悲傷一瞬，接著又再度分離。十字軍東征背後潛藏的野蠻、吠陀經、暗物質、羅塞塔石碑和消失的殘片、太陽風暴、不可見粒子、無法平衡的權力之間的平衡、拜火教、黑洞、淪為傳說的偉大文明。

甚至還有童話一般的故事……蒐集死者影子的老婦人，那些影子失去主人後便不知道自己是誰、應該做些什麼，老婦拿它們來搬演戲劇，讓它們能夠再度擁有佚失的另一半自己。從來沒掉過眼淚的貓，每次死去時都會讓牠的主人落淚，但牠卻從來沒有哭過，直到牠在某一次生命裡愛上了一隻母貓，那隻母貓卻先一步過世，才讓牠首次落下淚來，而且從此不再轉世。還有個缺乏細節的傳說是關於某群古怪的人，他們靠著吃食神奇的香甜蓮花維生，那讓他們得以忘卻生命的苦澀，再也不想回到故鄉以及心愛的人身邊。一直到他長大成人而且遺忘了生命中所有事物的許多年之後，班仍然沒有忘記這個傳說。

奇妙世界的輪廓漸漸清晰，在樂曲之間卻又慢慢……一點一點淡去形狀，然而當音樂聲再度響起，查日雅的真實和想像世界都消失殆盡，彷彿世界只剩下她靜靜坐著，閉上眼睛聆聽……用身體每一塊最細小的部分，因此幾乎無法區分，究竟是她正飢渴吞嚥著音樂，抑或是音樂正在噬食她。查莉卡會閱讀小說或是在聽音樂的同時找點事做，班則是望著眼前的一片虛無，任由音樂恣肆穿梭他的身體。

從查日雅帶他回家躲雨的那個下午起，班便常常繞到這裡玩，後來塔尼舅舅在河畔弄了個有機菜園，還喚班來幫忙好讓他能賺點錢，他便開始會在每天放學後都來到家裡……週末時則待上一整天。放學時他會騎腳踏車去姊妹倆的學校接胞們，查莉卡騎在他身旁，查日雅坐在他後座，緩慢騎在回家路上。他會當兩人的護衛，抵禦野狗以及那些聽聞查莉卡的美貌而從外地集結過來、躲在暗處窺視的少年們。他也會在路上摘取路旁花朵，好讓姊妹倆帶回家插在飯桌上的花瓶裡。

他一到家便立刻開始在菜園裡工作，鏟土、澆水、除草、施肥、噴殺蟲藥，用報紙包住幼莖防蟲。工作結束後他會回到客廳裡，一起聽那些他從前不論在小小水邊城市的哪裡都沒聽過的音樂，開始寫作業、修理損壞物品、幫查日雅完成她的藝術創作甚至是針線活，他會一直待到晚餐時間才離開。保母努恩代替了前往曼谷賣彩券的彭阿姨擔起廚娘工作，她當時已是兩個年幼孩子的母親，有三個會輪流探視並提供各種協助的男人聲稱自己是生父。

8 牆上的宇宙

每個月一次……頻率差不多是那樣，四個孤兒會擠在塔尼舅舅的老舊卡車裡，一路開往曼谷，為的是添購新書和新唱片，如果有吸引人的電影便走進戲院，運氣好的話……或許久久一次會有外國的音樂會或芭蕾表演可以看。或者他們會一起在當時還不多的藝術場館裡漫步，不然就是去欣賞那些首都裡蓋得美輪美奐的宏偉寺廟。

相較於其他地方，查日雅特別喜歡蘇泰寺的壁畫，每次不知道要去哪裡，她就會央求塔尼舅舅帶他們去。佛殿裡沒有人的午後，她喜歡腳抵著牆壁躺在地板上，這樣就不用一直抬頭也能輕鬆看畫，而且可以將畫的每個角度都盡收眼底。在那樣無比奇異的短暫片刻裡，班也會安靜躺在她身邊，兩人一起漫遊在那片他人看不見也聽不到，永遠在佛殿牆壁上飄疾如真的驚奇宇宙中。

奇妙的景象一次又一次在眼前浮現，巨大藍色鯨魚竄出水面，接著倒在西洋帆船上，一旁半人半鳥的緊那羅們正在璀璨星海中慵懶悠游。半鷹半金翅鳥的神鷲闍吒優私慢慢從睡夢中醒轉，從窗戶上展開寬闊翅膀，輕輕撲動了兩三下後便振翅滑翔過佛殿，飛往喜馬潘森林的另一邊。有時若幸運的話，還有機會看見害羞的金鹿馬利傑一閃而過，在灌木叢後搖動著祂閃閃發光的尾巴。有一次他們甚至目擊了神聖時刻，佛陀在菩提樹下睜開眼睛……悟道。

在屋簷吊掛的金鈴傳來的清脆聲響中，他們有時會聽到小沙彌正用輕聲耳語安撫著百多年來持續哀號的餓鬼，或是震懾於令人敬畏的那伽在深藍大洋上乘浪時噴出烈焰的聲音，獅象獸的低吼也不斷迴盪。而有時，如果用心諦聽，會聽見樂神乾闥婆族用豎琴演奏的仙樂正從遠處悠揚傳來。

偶爾因為坐得太久而腰痠背痛時，塔尼舅舅跟查莉卡也會一起躺下來。有次一位膚色蒼白的挪威遊客走了過來，看到四個孤兒排列著躺在佛殿裡，因為覺得有趣便詢問他們是否可以拍下來帶回去給家人看。等到長大了以後，查日雅每次回想起那一刻，都會想像這樣的畫面。他們一家人躺在喜馬潘森林邊緣，出現在某個遙遠寒冷國度的陌生人家中的相簿裡。

每月一次的首都觀光會以豐盛晚餐落幕，西餐、泰式、中式，有時是日式、印度、中東乃至緬甸、寮國、高棉地方料理，或是依循節慶的素餐，某幾年也在聖誕節吃過火雞和德國史多倫蛋糕。甚至還有幾次，出於洗滌心靈的需求吃了大自然長壽飲食。

食物就是思想跟精神，道出了人類沒有被述說過的故事，看到不認識的新奇食物時，我們就要去試看看。喜歡的話就再吃一點，不喜歡就算了，以後有機會的話再試看看，多試幾次之後就能入口了。這是塔尼舅舅教孩子們吃各種奇特料理的方法，包括蝸牛、海蜇、醃蝦、生魚片、海參、鱉、納豆、生蠔、髮菜……他也是查日雅日後認識的所有人裡對異國料理最感興趣的人，除了她自己之外，她從舅舅那裡直接繼承了這種喜好。

查日雅漸漸不再到園子裡冒險，轉而花更多時間聆聽音樂，甚至一天聽上好幾個小時。她拜託班帶她去買中間有低頭天鵝的噴泉，在家門口小小一塊園地裡種了各種顏色的迷你玫瑰，跟塔尼舅舅學拉小提琴，有時則幫著努恩做飯，從而發現了自己與他人不同的天賦……她能夠憑著直覺說出哪一道菜用了哪些素材、比例多少，而且只要吃過一口就能做出同樣好吃的風味。

查莉卡則愈來愈安靜，她日漸引人注目的美麗也如影隨形，這也是讓班經常與從外地蜂擁而來的不良少年們起衝突的導火線。無意間在曼谷發現的二手書店宛如寶庫，讓她更加內向跟晚睡，即便如此她還是能撥出一些時間用在地蔬果製作蛋糕，例如山陀兒、蛇皮果、柚子、芒果、木橘甚至是鳥眼辣椒，只需要用一個並不昂貴的小型烤箱就能做到。就像查日雅一樣……她也有料理天賦，查莉卡不需要定時就知道甜點該烤多久，總是會在最適當的狀態下將它們取出來，時間抓得剛剛好，一秒不多也不少，她也仍然默默暗戀著那位住在附近的軍校學生。

至於年紀跟查莉卡相仿的班，則靠著舊書店裡買來的書開始臨摹西洋繪畫，雖然他當時還不知道自己喜不喜歡藝術這條路，但那讓他在總是困窘的話語之外，找到了替代的表達方式。班不只話少，走動時還無聲無息，查日雅甚至威脅說要把貓鈴鐺掛在他脖子上，這樣才能察覺他走近身邊，不至於因為突然轉頭撞見而讓彼此都嚇一跳。但事實上，只要他走近半徑十公尺內，查日雅就能立刻發現，那是種晒乾衣物從明媚陽光下剛收起時會給人的感覺，幾乎像是溫暖陽光本身，散發出一股肉眼看不到的柔軟輻射，彷彿空氣中瀰漫一股清淨的氣息……

在河岸邊的菜園和客廳裡，沒有人注意到班慢慢從男孩變成青少年。他高瘦又有些彆扭，臉的輪廓稜角分明，嘴唇凹凸有致，仍然維持不變的是他凌厲的眼神，那是他爺爺的爺爺的爺爺的遺產。那個人是位遭處決的叛亂分子，家譜也將其抹去，沒有人跟他提過爺爺的爺爺的爺爺，或是他的任何一位祖先以及家族過往。

而塔尼舅舅並不知道，在他經過破舊骨董店那天，當老闆將那塊古老絲綢攤開在桌上被他轉頭看到時，命運早已注定。角落的燈籠將光線灑在布沿，精緻的金色錦緞如焰火般跳動著，還來不及反應，古舊布料難以令人抽身的魅力便立刻攫住了塔尼舅舅，這股難以理解的著迷將會在未來引領他踏上無數遙遠的旅途，但那還是很久以後的事。

直到他生命最後一天，在世界盡頭的黯淡月光下，塔尼舅舅仍然會想起河岸房子裡那段快樂的日子。快樂原本可能會永遠持續下去……如果那個男人沒有出現。

她的手沒有陷入冰冷，心跳沒有加速，也不像查莉卡一樣身邊颳起旋風。她只是默默在內心深處非常確信，不論會發生什麼事，即便他在無比遙遠的地方，她都會跟著他，當愛情找上查日雅，一切就是那麼簡單。

塔納來自曼谷，是查日雅的好朋友爾恩的親戚，身為民運分子的他在一次大規模暴力鎮壓後倖存，逃進森林裡躲了一陣子後才又回來。查日雅偷聽到他帶著一股她從沒見過的力量和朋友們說話，聊的是她從來沒聽人講過的話題，關於人如何遭到社會剝削、不平等、資本家壓迫窮人，以及追尋自由的掙扎。

十月六日的悲劇是十二年前的事了，當時人們都逐漸忘了那個事件，甚至沒人能肯定那確切發生過。不僅如此，那空猜西十分豐饒，沒有人過得窮苦，沒有太多人對塔納說的事情感興趣或是理解他在說什麼。然而他寂寞的目光和及肩長髮，跟切格瓦拉一樣的貝雷帽，還有他高舉平等的思想，都深深吸引著查日雅。

第三次見面時塔納便跟她搭話，聊起了青年的力量，所有人平等的夢想，以及他如何白日裡在高山上跋涉穿過雲層，他甚至在下一次碰面時唱了左翼歌曲〈信念之光〉給她聽。……微小星光潔白璀璨，在遙遠天際閃閃發亮。雖然害羞低著頭不敢看她、聲音含糊，但還是讓她相信了那是世界上最動聽的一首歌……也確實是如此。她的皮膚在傍晚微弱陽光下淡淡發光的記憶讓他難以成眠，甚至幾乎在半夜裡因為先前從未意識到的幽深孤獨哭了出來。

查日雅開始在天未亮時醒轉，毫無原因，醒來時有股腹中無法吸飽空氣的匱乏，閉上眼睛只見到塔納的臉龐，除此之外毫無異狀。當其他人還在沉睡，她會躺在沙發上，右手擱在心口，一遍又一遍聽著布拉姆斯的《第四號交響曲》，然後才去上學。

在他們第十一次見面時，塔納說要回去曼谷，出於和母親一樣決絕的執著，查日雅和他一起離開了。

她的心在那裡，把身體帶回來有什麼意義呢？雖然沒有表現出來，但大家都知道塔尼舅舅有多難過，以及他得下多大決心才能放手讓查日雅走上她選擇的道路。查莉卡只能哭得聲嘶力竭，怪罪自己顧著讀小說，沒有預見妹妹潛藏的愛意。班什麼話都沒說，青少年的躁狂只是讓他在心中想著，再見到那個男人那天，自己一定會變成殺人犯。

消失三個月後查日雅才打電話回家，此後固定兩、三個星期會打回家一次，好讓家人們知道她過得很好。但她從來不說自己在哪裡，或是表現出想跟誰見面的意思。她沒多久便在席隆一帶找到了唱片行的工作，雖然她當時只是個十六歲的孩子，但她對古典樂的理解讓老闆印象深刻，而且在那裡工作讓她有源源不絕的音樂可以聽。

妳就爬上梯子去聽那些資產階級的音樂好啦，妳不懂嗎？啊？在那些菁英分子眼裡，妳只是個一臉蠢樣的鄉巴佬而已。塔納怒吼著。誰？什麼菁英分子？這些有什麼關聯嗎塔納哥？音樂就是音樂，我喜歡我就聽，只是這樣而已／不要讓我在這裡聽到就對了，煩……

兩人沒有一起聽過音樂，不會一起看電影，沒一起吃過飯，也不會結伴去任何地方，甚至也不交談。查日雅早上起床就去工作，下班就回到四方形的狹窄住處躺著聆聽那些寫來撫慰貴族階級的音樂。而塔納大部分時間都在工會和朋友們忙著，跟知識分子這個詞毫無關係的女友令他羞恥，兩個人還會共同去做的事情只有一起睡覺而已。查日雅仍等待著書裡讀過的狂喜體驗，但什麼都沒有發生，除了第一次的疼痛，讓她幾乎要窒息的纏抱，在床邊被翻來翻去，還有彷彿火車在黑暗中疾駛的粗重喘息聲。

在她工作的店裡看完那部法國電影後，查日雅覺得片頭的音樂是世界上最動聽的……另一個作品，那是歌劇《華麗姑娘》的詠嘆調，女兒以歌聲向沉睡的父親悲傷道別，和被禁止的戀人一起逃到從來沒有人翻越過或是平安歸來的寒冷雪山上，好讓彼此能共度生命中最後的片刻。電影裡年輕郵差愛上歌劇女伶的故事，像音樂一樣抑揚頓挫的對話，讓查日雅決定在下班後報名法文課，以免於忍受過度獨處的寂寞，也彌補失學的遺憾。

沒事找事做啊，去學帝國主義的語言幹麼／但那也是第一批發起革命的人用的語言啊／不用裝得好像妳很懂革命啦，妳一直都是這樣，西方資產階級對妳思想殖民了，妳什麼都不懂……

確實如此……除了塔尼舅舅講過的音樂劇《悲慘世界》的概要，查日雅對法國大革命一無所知，而那也是從改編真實事件的小說又一次翻改的作品了。她不懂什麼是思想殖民，也不知道法國資產階級，她沒讀過馬克思跟高爾基，沒學過辯證唯物主義。塔納喜歡讀的那些書，封面上那些詰屈聱牙的專有名詞，她一個都看不懂，更別說其他的一切，要說起來，她只是愛著這個男人。不到一年後，塔納便拋棄她了，只留下一封沒寫幾個字的信……妳擋在我跟人民之間。

在塔納接下來的日子裡，四年後發生了廣大群眾和他一起在馬路上爭取民主、躲子彈的黑色五月，腿上中彈讓他從此步履蹣跚。那之後又十年，他拋下了人民搖身一變成為右翼政客，甚至支持武力鎮壓抗爭群眾。但不論哪個時期，塔納再也沒有遇過任何人像查日雅那樣，不抱持任何意識形態，只是那樣純粹愛著他……再也沒有了。

9 星光之河

查日雅在下個星期五晚上又回到了The Bleeding Heart，之後的每個星期五也都是如此。跟同一群朋友，有時互相敲擊著龍舌蘭酒笑聲歡樂，有些日子則在陰影裡低聲交頭接耳，用手在其中一個女性友人的肩膀上來回安撫著，而那個朋友正在哭泣，在世界各地的酒吧裡都會反覆出現的情節。他們會要求班彈奏陳腔濫調的悲傷歌曲，例如〈Without you〉跟〈I will survive〉或是那類的音樂，好讓那個正在哭的人可以哭得更厲害，其他人也跟著傷感得眼睛泛紅。但不論是來哭還是來笑，查日雅的朋友們每次都會把她留下來，讓班送她回家。

那年第二個星期五霪雨霏霏，查日雅不讓他淋雨回去，於是拿了棉被和枕頭給他，讓他跟貓一起睡在那個堆滿所有東西的房間。但還不到凌晨三點，她便爬起來調製令人歡快、只有廟會才能比擬的桑格利亞酒給他喝，還切了水果跟冰乳酪蛋糕當點心。他們喝醉以後便開始吼叫著對抗雨聲，喊著牆壁上芙烈達寫下的最後一句話，生命萬歲、生命萬歲、生命萬歲。接著她播放那些從河畔屋子裡穿越時空而來的音樂給他聽，最後他們一直聊到天明。

那些往昔日子裡的故事，有低頭天鵝的噴泉，班帶著她找了好幾個月，因為一直找不到她喜歡的顏色，最後只能勉強買下一個水泥裸色的款式……卻格外美麗。放水燈那天，查日雅在水燈裡塞滿了海桑果實，祈禱恆河女神能帶著它跨越大洋，直達南方島群，但水燈在涼亭附近就翻覆了，只得哀求班再幫她做一個。他心軟了之後便在黑暗中砍下芭蕉葉幫她做了，條件是水燈上只能放她要送走的罪孽，不能再放其他重物，但查日雅還是偷偷塞了兩顆海桑果實。

牆上永恆的喜馬潘森林說不完的故事，天文館裡只有他們兩人看見星空圖上的土星多了一個環，還有一陣子查日雅什麼都不做，整天只想著用紅瓜種子暗殺他，這樣她就可以從狙擊手瞬間化身為戰場護士，趕緊跑過去幫他處理傷口。不然就是躲在角落裡，在他經過時突然跳到他背上害他跌倒，接著便躺在旁邊滾來滾去笑個不停，一臉非常得意的樣子，眼睛還閃爍著光芒。

還有他們失去彼此時各自經歷的事情，她剃過光頭，只為了在一部到北碧府拍攝的歐美電影裡飾演越南小男孩，但只在鏡頭裡遠遠出現不到一秒。他抽大麻抽到笑個不停，只能邊哭邊笑不斷撞擊地板直到天明。貓叔叔 Yellow 悲慘的來歷，三個女巫和她們複雜的情史，還有一些故事是關於……班那個叫帕拉東的朋友。

他們還聊到塔尼舅舅喜歡把沒人知道是哪次婚姻的戒指拿出來戴，還有那些只寫了幾行日文字的明信片如何讓舅舅好幾天都板著臉不說話。查莉卡以及那個她從來不提起的軍校學生，那個人久久才會回家探望一次。查莉卡的另個祕密是將彤瑪揚蒂[3]的《陰影》讀了許多遍，而且每次重讀都還是會在角色死去前大哭一場。

住在河流彎曲處的農爺爺瘋狂愛上了女兒，於是在女兒跟著露天電影放映師私奔後便把自己手腳綁起來跳進河裡尋死。後來有人看見他時，據說手腳都還綁著繩子，渾身濕透但身體變成半透明，光線都能穿透過去，就那樣半夜裡坐在屋後棕櫚樹下哭一個晚上。查日雅為此拖著班一起去檢驗這個傳說，而且還去了兩次，但他們什麼都沒看到，只有在農爺爺死去後一直棄置的房子裡，發現一層像灰燼的粉末覆蓋了所有東西。

3 彤瑪揚蒂（Thommayanti）：泰國知名作家維孟・姜查倫夫人（Khun Ying Wimon Chiamcharoen）較為人所知的筆名，其作品多為浪漫愛情故事，曾寫出《日落湄南河》及《情牽兩世》等膾炙人口的小說。雖然她因為寫作成就獲得泰國國家藝術家和貴族封號等榮銜，但政治立場頗有爭議，尤其是在一九七六年十月六日法政大屠殺事件前夕，她曾以高階軍官眷屬的身分多次在公開演說中嚴詞抨擊學生，加劇社會對抗爭學生的反感。

隔壁哲婆婆的兒子波叔叔，直到中年時都沒有顯露過任何陰性氣質，但母親過世後立刻開始打扮得花枝招展，而且因為難以承受無法再見到母親，便拿出母親年輕時的衣服穿上，在葬禮上哭得死去活來，直到眼線化成了黑色的淚水。街坊們無法理解這樣的轉變，都嚇得說這是媽媽的靈魂附身了，但又迫不及待紛紛跑去問他彩券明牌。

天亮時班拜託她播放《第四十七號鋼琴四重奏》，然後在舒曼的想望中入睡。當他在近午時分醒轉，查日雅做了雞湯等著他喝，他在明媚陽光和撲鼻花香中喝完。之後她拉著他走進雨水尚未蒸散的花園裡，紅花西番蓮阿姨，查日雅指向豔紅的奇特花朵，它的西班牙名字是渴望，卡門把它當作幸運花／哪個卡門……班不解道，歌劇裡的卡門，班笑了出來，將美麗紅花拿起來嗅聞，它沒有味道啦班。接著她跑回屋裡拿出一個箱子，摘了一些薔薇夫人和老鴉煙筒花女士讓他帶回去，好讓他在晚上再次醒轉時，周遭都是濃郁芬芳。雖然班跟她說過自己就租屋在不遠處，但無論如何……直到那個時候，他都不敢跟她說那裡就近到可以聞到老鴉煙筒花瀰漫的香味。

他不敢說他每次演奏完回去的夜晚，在那個她只能遠遠瞥見的小房間裡，他會看書、聽音樂、拼仙女座星系的拼圖。或是什麼都不做，只是在黑暗中靜靜盯著天花板，然後等待著。直到天色漸亮，一切在陰影中漸漸有了黯淡的色彩，他會起身坐在窗戶旁，看著她的花園在清晨裡慢慢美麗起來，在棕色的老舊建築之間……那裡彷彿沙漠中的綠洲。

而在每天略有差異的時間點，她會走出來，頭髮凌亂、眼睛浮腫，手端著咖啡坐在屋前鐵椅上，貓叔叔跑過她腿間坐在她面前。他會朝著她露出淺笑，嗨……查麗，有時他會在腦裡聽見她輕聲回應，嗨……班。雖然他很清楚她不會聽見他的招呼，或是知道他正偷偷看著她將貓抱起來低聲說話，查日雅會用鼻子來回摩擦牠濕冷的鼻子，有時候……牠會用一隻腳碰她的臉。她會笑出來，閉上眼睛開心抱緊牠，直到聽見牠發出小小的呻吟聲……這是他的猜測，然後查日雅才把牠放回地板上。牠會抬頭在空氣中聞一聞，然後用身體兩側磨蹭周遭的樹，不然就是追逐不幸經過的某隻小生物，丟下查日雅自己慵懶坐著，聆聽風吹過枝葉的聲音，做著關於某件事的白日夢，剛看過的電影，某個人寫的詩，某個樂章的動人段落……

那個時候，不，班沒告訴過她，那個時候他所看見的她……是他從來沒有見過的。無論是這次或是哪一次，在如默片般變動的畫面裡，在每日些微變換方向的明亮陽光下，在盛開及枯萎的花叢間，季節藏在每片花葉中，隨著前一日的懸滯露珠，香氣融溢在空氣裡的粒子，如此平靜和煦的早晨。而一切會在她喝完咖啡時結束，她起身裸足走向每株植物問好，接著消失在班的視線之外。這時他會起身，伸個懶腰，一會兒見查麗，然後去睡覺。

你睏嗎班……你才睡一下而已／還好，但是中午了，妳不用去上班嗎……／下午的事，但是我的工作不忙，訂唱片跟看一下帳目而已，不用一直待在店裡，有工讀生會顧／這樣賺得夠嗎……／夠，我每個月還有家裡的一份地租，而且我有時會去當導遊，帶法國人的，很簡單喔，如果不知道要去哪裡，帶去蘇泰寺就行了，查日雅轉過頭來露出微笑，你還記得嗎……我們小時候很喜歡去，班突然有種彷彿剛剛才發現弄丟了心愛物品的感覺，想起自己確實擁有過美好的日子，心中忽地一股冷冽……但那些都過去了。

我們回家吧班，我想莉卡，還有那條河。和緩流動的清澈，明媚冬陽下廣袤的甜根子草，水面上薄薄的霧氣，河道轉彎處盛開的布袋蓮，不知從何處飄來的炊煙氣味與夜晚河流的氣息雜揉在一起，沒有任何地方夜裡的味道會與那裡的夜晚相同……關於河流的記憶乍然湧現，班從來不知道，他會有如此思念那條河的一天。

雖然他們在名為渴望的花前是那樣約定的，但兩人沒有返回那條河，反而是在兩天後一起前往蘇泰寺，一起安靜躺在祥和佛殿裡，再一次等待著大鯨魚躍起後壓毀西洋帆船。喜歡在灌木叢後忽隱忽現的金鹿馬利傑這次仍然刻意在他們眼前閃亮現身，但一向會繞巡安撫餓鬼的小沙彌們卻四處漫遊，爬上了中國帆船的桅杆，攀上正噴著烈焰跨越大洋的那伽，在抽著大麻的猴子旁邊戲謔模仿佛陀的臥姿，甚至在如來尊者悟道的菩提樹下玩捉迷藏。

雖然沒有看見英勇的神鷲闍吒優私如往常一般飛越，他們還是聽見了獅象獸的低吼，但接著便發現那其實是一個長相宛如星際大戰尤達大師的老和尚。來人以為他們是外國遊客，因此試圖用英語驅趕他們，*Go*，起來，*You go*，*No* 睡 *on the* 寺，走，你們這些人，怎麼能在佛寺睡覺，什麼都不懂，走……查日雅和班陷入慌亂，瞬間意識到日子早已過去許久，他們不再是孩子了。

彩券剛剛開完獎，安靜一整天屏息以待的城市再度恢復躁動生氣，查日雅帶著他穿過血管裡腎上腺素爆漲的人群抵達考山路，到一間狹窄巷弄內破舊小店買美味的智利葡萄酒。她滿臉笑容走在前面，絲毫不在意遠遠跟在後面的班，讓他兩次在路途上陷入關於世上最美女子的回憶裡。

靛藍暮色降臨，她和班走到廢棄許久的河岸浮橋，那是向晚時分喧囂擾攘的昭披耶河上難覓的靜謐角落。你記得《克羅采奏鳴曲》嗎……／誰寫的……／貝多芬，班在腦中聽見小提琴聲音拉出第一個音符，但又不太確定。那首很有名欸，你都忘光了，查日雅語氣悲傷抱怨著，接著繼續說下去，八十年後，托爾斯泰聽到這首奏鳴曲，覺得非常有共鳴……甚至寫下一部小說就叫《克羅采奏鳴曲》，跟曲名一模一樣，她沉默了半晌。

故事是個心生嫉妒的男人，看到身為鋼琴家的太太跟另一個男小提琴家合奏這首曲子，就把她給殺了。班低聲嘆息，他不是情感多豐沛的人，但死亡……其實應該說它是跟遊戲有關的故事，愛情的遊戲，然後音樂，音樂……該怎麼說呢，會讓人心痛得做出各種事情。班輕輕點頭，回想起塔尼舅舅說過貝多芬的情史，對那位被喚作「永恆之愛」的女子深沉的愛意，只在一封書簡裡流露過……還有那些撕心裂肺的磅礴樂章。

河上的熙來攘往漸歇，兩岸陸續亮起閃爍燈火，查日雅遞給班一個白色塑膠杯，那一刻，當班低頭看向眼前那隻輕輕拎著杯子的悲傷又纖細的手，同時瞥見了杯緣淡淡的荔枝殼色唇印。班閉上眼睛，卻又不知道自己為什麼閉上眼睛，他感覺體內突然湧起了氣泡。

又過了三十年，楊納傑克讀了那本小說，受到啟發寫了弦樂四重奏，跟書名一樣叫《克羅采奏鳴曲》／哪個楊納傑克……／萊奥什．楊納傑克，二十世紀初期的作曲家，河邊的家裡也有他的唱片，你一定聽過。班接過杯子，她的眼裡映射著閃爍光芒，你想想看啊班，痛苦一直傳下去，從貝多芬到托爾斯泰，從托爾斯泰到楊納傑克，剛好一百二十年／嗯，我也想聽聽看了，克羅采對嗎……查日雅點點頭，很好聽喔班，楊納傑克跟貝多芬的都是，我之後放給你聽，你一定會喜歡，她轉過頭來露出笑容，跟他心裡牢記著的一樣明亮燦爛。

班試著再度回想起那段樂章，他不可能在那間客廳裡錯過如此重要的作品，但怎麼想都只聽得見小提琴拉出第一個音符的嘶啞聲響，班你覺得音樂是不是就像某種紀錄，記錄原本應該隨時間消失的情感，風吹亂她的頭髮，舒曼的《四十七號鋼琴四重奏》……一封情書。

班再度低頭看向手中的杯子，目光無意間又接觸到杯緣的唇印。舒曼的情書是寫給他被禁止的戀人，他愛上克拉拉時她才九歲，查日雅又轉過頭來露出笑容，班有些詫異，微微蹙眉，但那確實有可能發生，一個蓬頭垢面的小女孩跑過菜園的倩影一閃而逝。克拉拉的父親是舒曼的老師，也想要讓女兒成為鋼琴家，不希望她那麼早就有戀人，所以阻止他們見面，浮橋隨著波浪輕輕晃動，在那個時代，作曲家寫好了曲子就會印成樂譜拿去賣對吧，跟我們現在賣唱片一樣，他們無法碰面的那十年，舒曼就作曲、出版，克拉拉會去賣樂譜的店裡讀，就像用文字寫信一樣。

啊……他心想原來是這樣，難怪那首曲子聽起來苦樂參半，溫暖之餘卻又如此孤獨。那他們最後有在一起嗎……／有，克拉拉滿二十歲不用經父母同意就可以結婚後，他們便立刻結婚了。但在一起沒幾年，舒曼就進了精神病院，而且死在那裡。班又低嘆了一聲，大家都說舒曼最後的日子裡一直在作曲，如果紙用完了就把窗簾扯下來繼續寫寫寫全部寫滿，沒有人把那些曲子留下來，不然一定非常特別吧，你覺得呢……

班沒有回答，在心裡響起的《第四十七號鋼琴四重奏》樂聲中，體內氣泡依然不斷湧現，而這次比之前每一次都還要令他悲傷。他同時緩慢轉動手中的杯子……遲滯，直至唇印轉到面前，當他低頭將唇覆上只剩淡淡粉紅色的唇印時，仍茫茫然不知道自己在做什麼。他從未意識到的哀聲哭號在內心深處洶湧，像是在啃咬著他……輕輕的，又彷彿是發燒時的畏寒。他啜飲一口嚥下清澈汁液，讓它滑順落入他悸動的心窩，深處某個地方也在隱隱作痛。接著不知道為什麼……班又閉上了眼睛。

睜開眼睛只見查日雅正盯著河流發呆，映照在河面上的燈火星光熠熠，都成了她的背景。風吹得她頭髮凌亂四散，班望著她的側臉沒有說話，接著他突然想起另一個女人……

她是個容貌普通的女子，舉止也很一般，那時他還在讀專科，每天早上等公車都會看到她望著天空。他沒想過要去認識她，沒想過要跟著她上公車，也沒想過要弄清楚她是誰、她是做什麼的、住在哪裡、從哪裡來或是正要往哪裡去，只要能那樣看著她就心滿意足了。就像那樣……站直身子，一隻手像在發誓一樣橫過胸口抓著包包的提帶，抬頭望著蒼白虛無的天空，在夢想破滅的城市裡。

他只希望她能每天早上都站在那裡望著，不求更多，也不要更少，但她卻消失了。他等待著，但她沒有再出現過，他不想去學校，不想看到清晨蒼白無力的天空，彷彿胸口有一塊沉重石頭壓著。有一天那塊石頭便消失了，只在壓過的地方留下空洞……在空洞裡的空洞裡的空洞裡……是更多空洞。

智利葡萄酒撫慰了他整夜的心情，儘管過去幾個小時了，班站在舞臺上時仍莫名恍惚，像是還坐在昭披耶河晃蕩的浮橋，在歡快撩人的夜風中載浮載沉，在璀璨的星光之河上，在樂章的淒美故事中，在嚥下她無意間遺留的唇印時狂亂震顫的心跳聲裡。

指尖撩撥著寂寞的貝斯弦，看著自己的心不斷墜落、下沉、淪陷，他想起舒曼的情書以及那些空無的洞，……一個又一個，在心中挖掘開來。

10 跟隨的蟻群與發笑的烏鴉

那天早上起床，那堤感覺聞到遠處雨水氣息，因此他起身在臥室陽臺邊啜飲咖啡時仍然忖著雨大概下了一夜，直到望見錫色的天空以及下方灰濛濛的乾燥城市，才想到距離雨季還有一陣子。但他過了很久都想不明白，想像中的雨水氣息和內心深處隨之而來的愁思，究竟是從何而來。

那種情感……混雜著悲傷和不安的渴望他知之甚詳，但自己何時有過那種感覺，他早已想不起來了。他幾乎不太記得曾經有過的其他生活，除了當前的這種……每天早上六點起床，喝著咖啡凝望他從來沒愛過的城市，看著他永遠不會認識的人們開始他們的一天。接著他會洗澡著裝，走到他開在半條街外的影視出租店，在那邊待到夜深。說起來他過得很幸福，有妻子、工作和房子，歲月靜好，沒有需要煩心的事。即使偶爾像別人一樣，突然升起那種想確認自己還活著的感覺，他也會選擇挑一部電影來看，某部看過的電影，在他笑過的段落大笑，為他哭過的情節落下眼淚，讓當代已找不太到的深刻觸動他。

突然間，不明的疼痛毫無預警侵襲他的心臟，強烈的劇痛讓那提不得不彎身抵著大腿。過了一陣子，那股疼痛似乎稍微緩解了，但他卻發現它正在向外蔓延……彷彿有好幾道裂痕正逐漸將胸口割開來，接著又慢慢穿透到整片背部，慢慢……他深深吸氣試圖坐直，卻又是一陣疼痛，但這次他已經不知道源自哪裡了。

萍，他呼喚老婆，但沒有回應，才想起來剛剛有聽到她大叫說要去樓下等待，準備供食給沿街托缽的僧侶。又一波疼痛襲來，比之前更加痛苦，彷彿有什麼東西正用力輾壓他的心臟，胸口裡破碎不堪。他才知道原來心痛是這種感覺，難怪他會流下這麼多眼淚，他用盡全身力氣又叫了一次太太萍帕卡的名字，卻只發出無助呻吟。他努力試著深呼吸，但劇烈疼痛緊緊壓著他的胸腔，幾乎沒有縫隙能讓空氣進去了。

那提咬著牙慢慢挺直身體，吃力靠在椅背上，劇痛將他身體緊緊攫住，儘管毫無理由，他開始確信這就是他人生的終程了。他伸起顫抖的手將蓋住額頭的瀏海撥好，努力讓模樣好看點，這樣萍帕卡回來時才會看到他坐在往常的位子上，一旁桌子擺著咖啡杯，他正跟以往每個早晨一樣凝望著城市，只是沒了呼吸，那樣或許會讓他生命中的最後一幕看起來更深刻一點。至少也好過像塊抹布一樣歪七扭八倒在地板上，啊……最後一刻，這不就是他最愛的場面嗎？

不像查莉卡、查日雅還有班，那提的成長過程十分孤獨。他家裡只有非常寵他的爸爸和媽媽，甚至幾乎不讓他離開他們視線一步。小時候，爸爸經常在週六帶他去自己經營的電影院，在工作時把他交給放映師照顧，讓他一整天把電影看了一遍又一遍。因此他能牢記每一部電影的男主角在想什麼，何時說出什麼話，女主角又會怎麼回答。

一回到臥室內大鏡子前，那提會學著剛看過的電影開始表演，瞇起眼睛、張開雙腿、微蹲、從腰側舉起手伸出食指和中指假裝是槍……砰砰砰，吹掉指尖煙霧，接著跳到另一側扮演反派，一手摀著胸口扭曲身體往前傾，雙腿一軟，身體跟著往後傾，一陣踉蹌搖晃後，倒在地上瞪大眼睛，死去。然後馬上又跳起來，跳到原本那一側露出嚴肅表情，將兩指幻化的槍枝塞回看不見的槍套裡，接著以瀟灑姿態離開鏡子前，毫不留戀。

不然就是露出深沉表情，以及彷彿經歷苦澀過去的空洞眼神，突然在一瞬間躍起，在腦中想像自己滑翔於天際，揮舞看不見的刀劍。唰！翻身閃躲，唰！閃躲，唰！閃躲，沒閃過……想像裡的反派擊中他，他長叫一聲，倒地後再度起身，唰唰唰！但就在此時……嘶！來不及防備的刀刺進了他背後，他僵住了，身體因疼痛而抽搐了起來，伸手將刀拔出，虛弱哀嚎。但還沒……他還不能死，得把壞人消滅殆盡才行，唰唰唰！他閉上眼睛，看見反派倒了一地的畫面，然後才搖搖晃晃站直，踉蹌走了幾步後緩緩倒在地上，臉擱在看不見的刀劍上，睜著眼睛光榮死去。

進入青春期後，他開始扮演戀情遭阻攔的年輕男子，帶著憾恨哀聲不已，但在與心愛的女子分離時依然擺出高傲的姿態。有時他會扮演戀人因惡疾逝去的青年，甚至有好幾次會親身飾演即將死去的少女，壓著嗓子發出甜美聲音，臉上涕淚縱橫，講出深埋的祕密，氣若游絲，接著停頓半晌後才抽抽噎噎說我……我……我……愛……愛……你，對著鏡中倒影露出悲傷眼神，然後睜著目光渙散的眼睛死去。

他最喜歡的場景，是七〇年代電影《愛的故事》裡女主角快要因病過世那幕，伴隨著一句經典對白……愛就是永遠不用說抱歉，女主角要男主角抱她最後一次，接著把他趕走，這樣才不會讓他看到自己的最後一刻。那幕宛如用力捏緊心腸，讓全世界的觀眾都瞬間心碎，還有什麼事情能比愛情帶來的傷痛更加扣人心弦……沒有了。

長大成人以後，雖然稱不上是個英俊的人，也沒有什麼吸睛的特質，但那堤仍然散發出某種老派電影男星的沉著魅力，如果不仔細聽的話，溫柔有磁性的嗓音也如同電影配音一般，更何況他說話時還懂得揀選對方聽得舒服的辭彙。

那提喜歡跟別人說他的工作是戰地記者，而非他實際做的政治線報導。對他而言，戰地聽起來即危險卻更加吸引人，那不正是記者的理想嗎？交換一切以揭發真相，即使犧牲生命也在所不惜。不僅如此，那些人看起來也帥氣得多了，半是沙漠士兵半是考古學家的瀟灑打扮，他們看似魯莽不羈，對紛爭與衝突的洞悉卻又有如禪僧一般瞭若指掌。擁有左派分子的虔敬、浪漫與敏感，但又能夠保持客觀不隨波逐流。

但無論如何，除了必須照顧年邁父母的理由之外，他始終不明白自己為何從來沒實際報名過戰地記者的工作，何況他們早已過世多年。又或者應該說，他實際上是在寵溺下長大的人，從來就不曾像其他孩子那樣撒野或做些瘋狂的事，因此缺乏冒險的能力。而且，他會怕⋯⋯

那提年輕時跟過歐美朋友一起拍攝紀錄片，是關於泰緬邊境克倫族軍營的作品。光看著那些娃娃兵凶狠的眼神，他的身體便顫抖不已，豐富想像力讓恐懼在心裡熊熊燃燒，他相信這些乳臭未乾的小孩能輕易奪取他的性命，沒有理由、不用多做思考，甚至連眼睛都不眨一下。而且誰知道呢，如果糧食匱乏，說不定他會被圍起來生吞活剝，不用浪費時間煮熟就吞下肚了。這還沒提到營區糟糕的衛生環境，各種蠻荒熱病或許隨時都會奪走他的性命，想到這點便一直在憋氣更累得他一有呼吸的空檔便氣喘吁吁，除此之外還有那些會咬人跟吸血的爬蟲和各種生物。

但那堤還是喜歡打扮成戰地記者的模樣，穿上布料厚重的襯衫以及配備一堆口袋的卡其色鬆垮長褲，脖子圍上一條破爛的圍巾，露出嚴肅的表情在腦袋裡做夢。或許是在中東某座塵土飛揚的城市裡躲著子彈，在泰寮、泰緬邊境的叢林裡染上腦脊髓膜炎，又或是跟美國總統一起被綁在非洲某處神祕綠洲的古井裡當人質。

每當需要給某個女人留下深刻印象，他便自介是衝突記者，她們大部分都不會明白所謂的衝突是指戰爭或是其他意思。他生命中的每個女人差異甚小，幾乎像是同一個人，感興趣的總是相同那幾件事，用類似的口吻說話，沒有什麼熱情或夢想，跟她們不會感興趣的政客們一樣缺乏想像力。跟那些透過政黨分配獲得席次的內閣成員一樣，對各種事情發表無關痛癢的意見……沒關係，怎樣都好。隨便你啊。最常聽到的應該是，還不錯。即使面對愛與性都是可悲的還不錯。

有一次他跟交往了一陣子的女人說要去南非採訪衝突，他不僅解釋說那裡正面臨人類歷史上最野蠻的狀況，還強調他可能會遭到攻擊，甚至可能會因為太過危險而無法活著回來。她低頭沉默半晌，接著溫柔說出不用擔心她，她能夠照顧自己，聽到他能從事熱愛的工作，她很替他高興。

她既美麗又聰明，令人悲傷的是她真的沒有他也能照顧自己。那次之後那堤偷偷跟蹤她下班後去了哪裡，她到美容院做了頭髮、購物、甚至還有心情約朋友吃飯，彷彿沒有事情發生一樣生活著。他非常喜歡她，也明白她很愛他，但他需要的是會為他茶不思飯不想的女人，他需要的是瘋狂害怕他是否會受傷死去的女人，他需要的是會因為害怕失去他而呼天搶地的女人，他不需要女人替他打氣，他不需要……

他只差一點便要因愛沖昏了頭回去找她，和她廝守終身。但與此相反，他選擇消失以懲罰她的無動於衷，藉此讓她能誤以為他死亡了而難過。他可能死在南非的暴動、烏干達的種族滅絕，或是任何發生衝突的地方，巴格達、天安門、波士尼亞、哥倫比亞、加薩、巴基斯坦或不管哪裡都好，對他或她而言都不會有什麼差別。

那堤又聞到了雨水的味道，土壤浸濕雨水的氣息飄盪在風中，混合著某種香氣……類似糖果，不對……洗潔精，是他媽媽喜歡用的洗潔精。他看到自己在小時候住過的房子附近狹窄巷弄裡奔跑的畫面，雨方停歇後薄淡的日光像面鏡子，洗潔精的味道飄在空氣裡，混合著雨水和牆上苔蘚潮濕的氣息，他沒注意到那股疼痛已經消失了。一隻烏鴉飛到陽臺上發出嘎……嘎……嘎的笑聲，牠的黑色翅膀慢慢在他眼前展開，慢慢展開，慢慢展開，宛如慢動作一樣漸漸將面前灰暗的天空完全遮蔽住。他再過半秒鐘就會想起查日雅……但來不及了。

萍帕卡返回時那堤早已沒有呼吸，而且他沒有如願維持住坐在椅子上凝望城市的姿勢，反而從椅上滑了下來，面朝下倒在地上，雙眼大大睜著，茫然看著自己眼睛的倒影，正看著他眼睛的倒影看著他眼睛的倒影正看著他眼睛的倒影，映照在灑落白色磁磚上的咖啡裡。當她將他的身體翻正，見到底下有無數隻螞蟻萬頭攢動便頓時嚇了一跳，牠們正啃食著他兀自溫熱的身體，彷彿牠們在十五年前便得知他被祕密預設的死期，但萍帕卡卻毫不知情。因此牠們便一直亦步亦趨跟蹤他，潛伏在暗處耐心等待著……在那一刻到來時立刻將他吞噬。

那時萍帕卡聽見好幾聲槍響，抬頭看出陽臺只見原本錫色的天空黑壓壓一片，跟那堤不久前看到的一樣。但那不是他在彌留之際誤以為的烏鴉翅膀，而是馬路上燃燒汽車輪胎的黑煙……二〇一〇年激烈抗爭的序幕。在火堆撲滅、血腥事件平息之後，整座城市仍然有好幾年的時間陷在遮蔽真相的迷霧裡。

萍帕卡忍不住替那堤遺憾，如果能再多活幾天，能親眼見證他最喜歡的激烈衝突不知道會讓他有多興奮。就像他年輕時那樣，當一個四處遠行的戰地記者，在世界各地的危險地區出生入死，……揭發真相。

11 無殼軟體動物

雖然過去許多年了，划船經過的附近居民們依然口耳相傳，大家都說看過查日雅的媽媽坐在香欖樹下，雖然不像她剛過世時那麼頻繁。當時不論誰經過都會看見，而且每天會看到好幾次，不論是在清晨或向晚的昏暗天色下，或是陽光普照的正午。但至少他們都沒有很快就徹底遺忘查日雅的媽媽，那是她小時候害怕過的事情。

奇怪的是，就連不認識查日雅母親的人也會看到她，但家人們卻反而連她還在世時都看不見她。她模糊不清無法觸摸，無視牆上無數隻眼睛的注視，跟在兩姊妹的父親後面，在被寂靜征服的房子裡，在家具的迷宮間移動，孤獨而緩慢。

直到查日雅被塔納拋棄後再一次回到香欖樹下站著，她才第一次看見眼前安靜坐在回憶裡的媽媽。她的生命似乎沒有多餘空間留給孩子或任何愛她的人，而她即使死了也依然跟著爸爸不放，爸爸對其他女人的欲望早已侵蝕了那張藤椅，她卻坐在上面一同腐壞。查日雅無法明白爸爸怎麼能背叛媽媽，怎麼能背叛那個女人，甚至不能明白他怎麼能背叛他自己，一個人怎麼有辦法在一輩子裡背叛那麼多人？

香欖樹在河岸的風中散發苦澀氣息，她擔心自己就快要像媽媽一樣……即使被棄如敝屣還是無法停止愛那個人。查日雅想起自己連續十天沒睡覺了，僅僅偶爾小憩片刻而已，但她每次一睜開眼睛就會淚流不止，因此只能閉上眼睛卻不能成眠。毫不連貫的細碎回憶不斷折磨她，塔納回心轉意與她復合的畫面壓在那些殘片之下，但一切都只是徒勞的希望。

瘋狂大概就是由此而生，不是因為愛，也不是因為失去愛的痛苦，而是無法再做夢。她走回家，走上塔尼舅舅的房間，將她看過舅舅吃的安眠藥罐抓在手裡帶回房間。她打開罐子後發現只剩下三顆，只吃一顆舅舅應該不會說什麼吧？如果她解釋自己多久沒睡了。查日雅坐在床沿，將藥放進嘴裡，喝水嚥下後倒在床上，讓自己慢慢下沉、下沉、下沉……

但就在快睡著時，她忽然有種掙扎著要浮上水面吸氣的錯覺，然後她看到了塔納，就像在眼前一樣清晰，聽到他在一切都還很好時說過的話……查麗，我沒有什麼能給妳，除了山脈跟河流，草原與天空，我都給妳，整片土地都是妳的，跟我走吧，跟我走吧查麗。接著她又沉了下去，但仍然沒有墜入深淵，時間緩慢流逝，她愈來愈睏，但依然不能入眠。查麗，我全都給妳，山脈，天空，全部……。查日雅猛然坐了起來，塔納的聲音仍縈繞不絕，重複著相同話語。她現在唯一想到的事情就是自己必須睡著，才能不用再聽到他的聲音。

昏昏沉沉間……查日雅嚥下罐裡剩餘的兩顆藥後再次躺下，由於心仍疼痛不堪，她不得不翻過身來壓著它。再一次墜落到要看見底部時，卻又再次聽到塔納呼喚她的聲音，但這次聲音像是從非常遙遠的地方飄來。查麗，查麗，查麗……班呼喚著，沉默，他又叫了一次，沒有回應……

當時接近中午，塔尼舅舅一大早便到了曼谷，正在陶瓷島的孟族人市集裡挑選蔬菜種子。查莉卡正在市場裡跟九十五歲的努奶奶學又稱為黃金淚滴的蛋黃球甜點，老奶奶還會做世界上最好吃的千層糕。努恩正在屋子後面一邊洗衣服一邊打盹，而班正從大白菜上摘下蠕蟲，一群他從來沒見過的黃棕色蝗蟲鋪天蓋地飛來，他起身用手遮住臉看著，直到牠們消失在視線之外。風停了下來，一切寧靜得像是河流最熱的那天，班感覺有什麼事情發生了，但他不知道那是什麼……

他決定走進屋裡，卻沒看到查日雅，班開口叫喚，沒有回應，他走上二樓，又叫了一次，接著輕輕敲了兩三次查日雅的房門，耳朵貼在門板上聽著，一切兀自無聲，安靜到他聽得見推開房門時背上的汗滴滑落的聲音……查日雅俯躺著，一隻手臂懸在床邊。查麗、查麗，班一邊叫喚一邊搖晃她的身體，但她文風不動，查麗、查麗，他的查麗連眼睛都沒眨一下。

班抓起空的藥罐，抱著她跑下樓梯直奔門前道路，開始赤著腳不斷奔跑，在路上踉蹌了兩三次，他不知道流淌的是汗水還是淚水，也不明白身體在大太陽底下為什麼會顫抖，緊緊攫住他的恐懼又從何而來。他也不記得自己是何時、如何跑到醫院，只見眼前有個女子不斷對他說話，但他什麼也聽不到，只能看著對方的嘴巴不停開闔，直到另外兩個保全和男護理師過來扶住他將查日雅帶走。

我當時應該遵守跟你們媽媽的約定，帶大家去日本，塔尼舅舅邊說邊微微點著頭，拿下眼鏡，伸手掩飾臉上的淚水。班依然無聲坐著，他的腦袋沒有多餘空間想別的事情，除了讓整片胸口都疼痛起來的巨大憤怒。他看到自己一直往塔納臉上揮拳，在腦海中不停怒吼，她是我的！畜生！是我把她從河裡救起來，是我讓她起死回生，不是為了讓你把她當玩具捉弄！他的青筋因為緊咬下顎而紛紛浮起，班將拳頭握緊，在腦袋裡一遍又一遍往塔納臉上招呼。直到查莉卡起身坐到他身邊，她將他緊握的拳頭鬆開牽住，淚水不再滑落，她輕輕攬住他肩膀，溫柔搖晃著他的身體給予安慰，接著低頭用微弱氣音跟他說了一些話，班腦袋裡狂亂的思緒漸漸平靜，在那個剎那……時間停了下來。

查日雅甦醒後對事發經過一語不發，滿是塔納臉孔和聲音的夢境仍讓她昏昏欲睡，她也花了不少時間才搞清楚整件事的前因後果。塔尼舅舅大概忘了罐中剩餘藥量根本吃不死她，但班也沒辦法將她從對夢的渴望中喚醒，所有人都認為是情傷擊潰了她……所以要跟她一起分擔傷痛。查日雅滿腹愧疚，即便如此她還是因為心碎而沒有餘力解釋，事已至此也無濟於事了。不論是當時或是之後，都沒有人再跟她提過這件事情。

查日雅又一次在天亮前醒轉，毫無理由，在一片漆黑中躺在沙發上，右手擱在心口，但沒有像以前那樣聆聽布拉姆斯激盪心神的《第四號交響曲》了，反而播放了皮亞佐拉那曲名為〈遺忘〉的悲傷探戈。然後就像什麼事都沒發生一樣……她再次不告而別，但帶走了那個內裡信紙發黃脆化，滿懷愛意的藍色盒子。

她只是不想看到塔尼舅舅悲傷的眼神，不想對查莉卡覺得抱歉，班像隻看門狗緊盯她一舉一動的目光也讓她覺得尷尬。她不想見到任何人，整天除了反覆聆聽皮亞佐拉的〈遺忘〉之外什麼也不想做……餘生中每一天都是。

但並非如此……查日雅沒有在餘生每一天裡都成日聽著悲傷的〈遺忘〉，雖然她在十六歲時確實這麼想過。那次戀情留下的創傷沒有消失，但隨著時間流逝，那些折磨得她難以成眠的記憶碎片逐漸模糊，有時她幾乎無法確定自己跟塔納相愛過，甚至還短暫同居，彷彿那些僅是場孤獨的夢，只是在她內心深處留下一道傷口。

她回到同一間唱片行打工，當時專門販售古典樂和爵士樂的店家不多，店裡生意增長迅速，原本的小攤位在兩三年間成長為四倍大的店面，還多了兩間小小的分店。消失將近一年不跟任何人聯絡後，查日雅再度返家探親，但一切都變了……

塔尼舅舅拋下了有機蔬菜，轉而開始買賣骨董布料，班到曼谷升學後便消失得無聲無息，查莉卡決定不繼續讀大學，正在市場尋覓合適地點開甜點店。她久久一次會跟舅舅到曼谷，添購二手小說順便跟妹妹吃頓飯，但這樣的旅行不常有，她不喜歡都市裡塞車和烏煙瘴氣，還有川流不息的人潮，抬頭只見高速公路如巨蟒盤據在上空。

查日雅在那一年和烏萊重逢，她的這位兒時好友離開了河邊小鎮到曼谷讀藥學，無論何時都在笑的烏萊連哭泣時都掛著笑臉。她也在語言學校認識了坦雅，這位寂寞廣告工作者也看了開頭有全世界最動人音樂的那部電影，於是決定來學法語。她也跟拉葳建立了古怪的友誼，這個眼角下垂的女子難過時喜歡搖筆桿，於是無意間成了悲傷言情小說的作家。拉葳常常整夜不睡寫作，這樣她才能看著陽光沿著大樓間罅隙升起，等待查日雅開店為她挑一首孤獨的曲子，讓她回家邊聽邊帶著眼淚入睡。而這四個毫無相似之處的女孩組成了祕密社團，連續好幾年都會在週五時聚在一起，稱呼彼此為女巫。她們在龍舌蘭酒杯映射的昏暗光影間以生命為祭，大笑、落淚、耳語、醉倒、斷片，一起慢慢成為女人。

查日雅在次年再度墜入愛河，和查農的短暫情緣……這個大學生所受的偏差教育讓他誤以為愛與性是兩件事。他是個有禮、嚴肅而且真誠的人，是少數相信歷史能夠解答宇宙奧祕因此選讀該科系的學生，而非像其他人一樣不知道該讀什麼才如此選填。除此之外他還喜歡看電影、聽音樂，對哲學感興趣而且喜歡閱讀艱澀的書，例如尼采、柏拉圖、康德、了凡四訓，以及許許多多查日雅記不起來的名字。

他在某天深夜出現在她生命裡，站在櫃臺前尷尬翻開手中書頁，有……布拉姆斯……第三號交響曲……第三樂章嗎……／應該有整首的錄音，但是沒有只錄第三樂章的，查日雅領著他走到架子旁，手指滑過唱片封面，抱歉都賣完了，她邊說邊看向他手中書，封面用法文寫著《你喜歡布拉姆斯嗎？》。裡面有講到布拉姆斯的這首嗎……查農將書遞給她，嗯，查日便低頭翻了翻，你聽過了嗎……／沒聽過／那是他的 *magnum opus*（代表作），很好聽喔，是寫給他唯一愛的女人……克拉拉，舒曼的遺孀，我有卡拉揚的版本，可以先帶來播給你聽，但是進貨之後你要來買喔。這本書好像很有趣，會很難讀嗎……查日雅低著頭喃喃道。

查農不知道卡拉揚是誰，但他很驚訝眼前的唱片行女孩不只懂音樂還能讀法文，不難，我快讀完了，明天拿來借妳，當作跟音樂交換好嗎……查日雅抬頭看他……登時笑得燦爛。隔天晚上，在布拉姆斯甜美憂傷的旋律包圍下，查農只能軟弱站著，愣愣看向滿是雨滴的玻璃窗外，人們彷彿都正為了愛情而焦躁奔馳。轉頭只見查日雅站在遠處，一隻手輕輕貼在布滿雨滴的窗上……闔起雙眼。他也閉上眼睛聽著，當查農再次睜開眼睛，便意識到自己從此都需要查日雅像那樣閉著眼睛在他身旁聆聽音樂，而他再也未從這股渴望中獲得自由。

次日晚上他再度造訪，在查日雅房間裡度過那年雨季。他在那裡聽歌、讀書、偷偷瞥看她不停翻著字典一邊閱讀佛蘭西絲·莎崗的那本愛情小說。兩人交往的數個月裡查農都沒有碰過她，但在某個孤獨的夜裡遭慾望擊敗之後，他反而感覺再也無法連結到這個世界的歷史循環以及尼采那句知名的「上帝已死」……沉重愧疚令他不敢再跟查日雅碰面。

查農隔年拿到獎學金至美國讀書，拿到博士學位後留在那裡教哲學，又體驗過數次內心的渴望和肉體之愛。在聽了布拉姆斯那曲動人旋律的二十年後，他再度回到泰國，想找到一間查日雅可能正站在裡面閉著眼睛聆聽音樂的唱片行，顛倒的世界映在她眼前玻璃窗上無數的雨滴裡。但他不僅找不到查日雅，連唱片行都在嶄新的數位傳播技術下湮滅了。

查日雅為了塔納、查農和爸爸信內悲傷話語日日流淚，如此迴還往復，不讓自己再愛上任何人。最接近愛情那次是在餐廳打工當服務生時認識的安德烈，一位能把蛋糕做得像是雕塑的年輕廚師，他整個涼季都會在星期三晚上帶查日雅去法國文化協會看電影，然後在紅花緬梔蔓生的枝椏下和她頭倚著頭，用童年往事陪她練習法語來度過剩餘的夜晚。

查日雅差點就要愛上他，她會跟他結婚然後成為四個孩子的媽，在勃艮第南部某處葡萄藤叢生的小村莊裡經營一間小咖啡館。人生的最後一段會有二十二個兒孫溫暖包圍她，在七十八歲時死在安德烈依然和戚風蛋糕一樣甜美柔軟的懷抱裡。但與此相反，她承租了一間中世紀風格的破舊黃色老宅，那裡有足夠空間讓她在安德烈心碎返國後種植花草，她還救了一隻公車站牌旁瀕死的虎斑貓，帶回家當叔叔養，她學了三百二十四種新食譜，種了兩千六百一十種植物，又聽了三百六十首世界上最動聽的音樂，在沒有任何事情可供夢想的生活裡漫遊，但接著就會再次遇見班，……要不是也遇到了那堤。

兩人的相遇如同愛情電影般巧合，請問現在幾點……那堤對迎面而來的女子開口問道，卻發現查日雅閉著眼睛經過他身邊，小小的耳機將她和世上所有聲音阻隔開來。那堤不自覺跟著她走過了半條街道，穿越那些從來不知道自己想聽什麼的蜂擁人群，直到她走進店裡。他遠遠偷看著她，想辦法和她相識，墜入愛河，用無人能及的愛意愛著她。

戀愛中的那堤宛如生來只為此事一樣澎湃，他會給予無微不至的呵護、時時刻刻的噓寒問暖，而且會說出那些美國電影裡才有的甜言蜜語。查麗，妳讓我想成為更好的人，或是，如果沒有希望再看到妳眼裡映照的陽光，我的生命大概什麼也不剩了，有時只是一些不太浮誇的隻字片語，卻足以扣人心弦，例如，我們是為了彼此而生，或是，除了妳之外，我從來沒在別人身上有過相同的感覺，查麗。

不僅如此他還非常會討人歡心，每次跟查日雅見面時手裡都會帶著各種小禮物，可能是一朵花、一袋精緻的小點心或是一些有趣的小故事。每當他聽到或在報紙上讀到有意思的故事，就會記在小筆記本裡，然後一頁一頁讀給她聽……

一個生性陰柔的男人不願屈服於身軀錯置的命運，努力成為舞者，不屈不撓存夠了變性手術的錢，終於獲得了夢想中的女性身體。但她卻被許多虛情假意的男人剝削、欺騙，而在半生過後，她才在工作的舞廳門口找到了真愛，她跟擺攤賣零食的女子結為連理，因為那個人在她悲痛欲絕時一直在她身旁不離不棄。

一個孤兒在這個廣袤世界裡一直活得孤獨且悲慘，但某天他中了樂透頭獎，隔天早上便發現家裡滿滿都是找上門來的親朋好友，眾人待下來大肆慶祝了一番，接著輪流跟他講述各種悲慘遭遇，擠出眼淚拜託他借錢。於是一千萬獎金在幾個月內就消耗殆盡，錢花完後親友們便消失了，跟出現時一樣迅速。再度一貧如洗的男人又回到有一餐沒一餐的生活，但他還是祈禱著能再次中獎，不是因為渴望富有，而是希望家裡能像之前一樣被滿溢的親友溫暖起來，即使他知道沒有任何人真心把他當親友看待。

還有某個人寫的小故事是關於一隻軟體動物，牠醒來時發現自己在睡夢中把殼弄丟了，於是餘生都赤身裸體在海岸上爬行，孤獨而寒冷，在散落滿地的上百萬個白色貝殼之間遊走，鑽入一個又一個沒有主人的狹小房子，但悲哀的是……沒有任何貝殼和牠弄丟的破舊老殼一樣適合牠，……一個都沒有。

12 紫晶淚滴

班遠遠看到查日雅在跟一個女生朋友講話，但再看一次便發現那是一個中年男子，兩人坐在屋前明媚陽光下交談，她看起來很開心，不時咧開嘴笑。但沒幾分鐘後，他便看到那個男人突然起身快步離開，腳步和年輕男子一樣迅捷，班這時才意識到對方應該沒有他原本以為的那麼年長，或許才三十出頭。查日雅追了上去，兩人在老鴉煙筒花正隨風撒著落英的門前爭吵著，接著男人又邁開步伐，查日雅拉住他的手臂。男人停下腳步，微微抬起頭來露出既悲傷又自負的表情，很快便甩開她的抓握繼續走遠，被丟在後頭的查日雅用手背擦著眼淚，轉身走回屋內……

那個週五晚上，查日雅沒有和朋友們一起出現在The Bleeding Heart，班心裡有某種東西洶湧騷動著，他不知道那是什麼……既像是擔心，又像是等待，更彷彿是寂寞。但他不敢開口問她那三個朋友，她們也沒有對他說什麼，下個週五她還是沒出現，而且三個女巫也一起消失了。他依然每天早上從窗戶凝望著她，她也仍坐在往常的位子上，喝咖啡、陪貓叔叔玩，但有某種東西讓她看起來格外悲傷……說不上來那是什麼，在吹拂的風中，在茶色陽光裡，他不確定，也許悲傷是源於他自己。

寂寞的週日夜晚即將讓人心碎，但她在那之前幾分鐘便打電話到酒吧，彷彿什麼事都沒發生一樣。你明天有空嗎……／我星期一要洗衣服，做完就沒事了／來找我一下吧，我做好吃的東西給你吃／像是什麼……班揚起眉頭，默默露出微笑。呃，渴望咖哩怎麼樣……／什麼……／渴望咖哩／有這道菜嗎……／有啊，是古典口味的咖哩。渴望……他驀地想起白色塑膠杯緣的粉紅色唇印，和她胸前的智利葡萄酒漬，聽起來好像滿好吃的／超好吃，你要來喔，接近中午再到就好。

還沒走到屋前，那道名字極美的咖哩便飄香到班的鼻間，從遠處便瀰漫著合乎其名、令人渴望的香氣。查日雅在花園裡備好桌椅等著了，餐具和菜餚都擺放妥當，甚至在桌上放了插有盛開花朵的玻璃瓶。班想起河邊屋裡的晚餐，以及他沿路替她們姊妹倆摘來插在桌上花瓶中的花，但他開始用餐時才意識到桌上這些佳餚有多麼令人驚豔。

……肉塊軟嫩的渴望咖哩加了甘草羅勒，中東風味的飯添加了番紅花，散發黃色光澤，烤蔬菜沙拉點綴著風乾番茄和希臘羊乳酪，某種混合了薑黃和蒔蘿一起煎的魚。鱧魚鍋……你一定沒吃過，這是道地越南菜。餐點終章是名字也美麗得令人渴望的玫瑰蜜炸奶球，這道甜點要先將濃縮後的羊奶炸成可愛的褐色圓球，再浸入由花園內薔薇夫人製成的玫瑰糖漿裡才能完成。班在廣告裡看過那種閉眼陶醉的模樣，而炸奶球的香甜滋味，讓他才吃下一口就得勉力撐著不露出那樣的表情。

華麗花園午餐才結束，午後陽光便追了上來，班只得硬撐著回到屋內，橫躺在牡丹花紋軟墊上，飽脹讓他寸步難行，查日雅將他丟給菲利普．葛拉斯荒涼的小提琴協奏曲後便隱身廚房，耳邊傳來的聲音只讓班祈禱別再有什麼吃的從那裡冒出來了。他平常吃的東西永遠是打拋雞肉飯配荷包蛋、炒飯、燴麵這幾樣在輪替，一個人住讓他極為消瘦，他吃得既少又不定時，要是懶起來便索性不吃了。因此查日雅準備的異國美饌相當於他三日的進食量，而班也想不起來最後一次像這樣吃到美食是什麼時候的事了。

匯集多種文化的異國美食以及查日雅對料理莫名的投入，也讓他非常困惑。但查日雅對各種事情一向都是這樣傾心投入，例如連續好幾年試圖偷襲他，或是盯著河水好幾個月，希望能找到拉瑪六世時期就絕種的神祕昆蟲。她也跟蹤過迷途蚯蚓好幾天，但什麼也沒找到。她還打造了這片花園，令人難以相信這是個頭嬌小的女子能辦到的事，而且還是在她正執著於追索愛情的時候……

小提琴在空氣中尖聲作響，班不願再想起悲傷的事，他起身看向陽光滿溢的花園，午後近在咫尺的花園和他每天早上從遠處黑色窗框看見的樣貌大相逕庭，看起來既明亮又充滿活力，色彩和各種動態營造出繽紛景象。馬陸像火車在四處迅速爬行，舞動的光影相互追逐，嗡嗡作響的果蠅們宛如即將沸騰的霧幕，蟻群在行列中排著隊，草葉在風中不斷顫動。

過了很久……他才發現這些植物不只一起往上、往下、往兩旁生長，也在彼此裡面蔓生。例如門前的老鴉煙筒花，在雨後長出了如安達曼海珍珠一樣的藍色蕨類，裡面一點的稜萼紫薇也是，總是有不知從何而來的洋紫荊舉起一束粉紅。她帶他去看叫做渴望的花時，他聞到了緬梔花略帶苦澀的香氣撲鼻而來，雖然這裡根本沒有種，他也聞到過柚子花的淡淡香味，跟在另一個花園裡聞到過的一樣，淡雅香氣甚至半夜裡飄到他的房間……好幾次。

班無意間想到章叔那個星光也透不進的房間，老人位於二樓的房間既黑暗又狹窄，由位於前方的主臥分隔出來，而且沒有窗戶。我年輕時拜託我的同輩親戚讓我住這裡，雖然他們死了之後其他房間就空出來了，但我也懶得搬了，章叔笑著說道。他年紀大約七十多，說話時用字遣詞十分謹慎，眼睛和孩子一樣清澈，那天他幾乎花了整個晚上和班述說自己前半生的故事。關於戰爭、愛國、五光十色的上海大都會、他艱苦的小留學生生活、政權易主，還有愛情。沒錯，在漆黑的寂靜中……他對班說著囚禁他超過半個世紀的悲傷戀曲。

革命發生時，我媽立刻寫信給我說她快不行了要我趕快回來，我回來卻發現她好好的。我是獨子，所以她怕我回不來，我看她沒事了就要動身回去，要回去跟我女朋友結婚帶她回來一起住。但中國還動盪不安，我媽不讓我走。我等了很久，朋友卻帶消息給我說她爸爸害怕女兒沒人照顧，讓她跟別人結婚了。我跟我媽說那個人是屬於我的，我要去討回來，但我媽更是堅決不讓我去，她不准我去拆散別人家庭。我那時還很年輕，脾氣跟火一樣暴躁，我氣我媽裝病騙我，覺得她就是害我不能跟女友結婚的罪魁禍首，所以我就跟她撂下狠話，如果不讓我去，我就永遠不工作了，我下定決心了，既然不能回去，不能再跟那個人相愛，那我就要成為最沒有用的人。

而章叔確實如他所說成了沒有用的人，那之後沒多久中國就鎖國了，他回去找女友的希望也破滅了。他一輩子都沒有找工作養活自己，躲在沒有窗戶的房間裡靠著同輩親友接濟過活，身邊唯一的財產是一張照片……那是一個綁著辮子、眼睛細長的女孩。照片壓在他書桌玻璃墊下，旁邊有一首他半世紀前寫給她的詩。我到現在還是會跟她說話，安慰她，每天對她的照片說沒關係，我們不是只有這一輩子，下輩子再見，再努力一次看看……

怎麼回事，不是才說別再想傷心事了嗎，班回過頭，只見牆上那張莫迪利亞尼畫作裡，瀏海女子正用寂寞的眼神看著他。班回以淺笑，目光飄向一旁的舞孃樣式化妝盒，旁邊有一只綠松石戒指，兩枚淚滴狀紫水晶，兩三樣化妝品，一朵天鵝絨製紅玫瑰，生鏽藍色巧克力盒，還有一張摺成一半的衛生紙，中間依稀可見荔枝色唇印。他伸出顫抖的手拾起，默默放進口袋裡，那天晚上以及餘生的許多個夜晚，他都會花上好幾個小時在昏暗光線下凝視那片唇印，燥熱、甜蜜、渴望……某種說不清楚的東西也會在他體內某個地方反覆浮現。

她跟朋友們在下個週五再次回到酒吧，在剛入夜時大聲笑著，但當心碎襲來時，查日雅在往常的角落裡落下第一滴淚，剛好讓炫目燈光映射到班的眼裡。他在貝斯上漏彈了好幾個和弦，在接下來的段落也唱得七零八落，他感覺站在陽光悍烈的河邊……刺眼而模糊。

那天深夜，女巫們讓班送她回家，她沿路滴著眼淚，畫面彷彿童話。父母遺棄在森林裡的兩個小孩，偷偷撒著麵包屑當記號，只為了記住回家的路，那個不再需要他們的家。整座城市都陷入沉睡，夜晚寧靜到他能依稀聽見星光灑在她皮膚上的聲音，花園裡植物陷入憂鬱一般垂下枝椏，每夜散發清香的老鴉煙筒花卻飄著一股和緬梔相似的苦澀。即便園裡根本沒有種植，夜香木氣味卻不知從何處傳來，喜歡在凌晨兩點鳴叫的鵲鴝無聲無息，連風都消失得無影無蹤。

謝謝你，班，查日雅在家門前囁嚅說道，低頭不讓對方看見她眼睛濕潤泛紅。一股黑暗幽深的恐懼在班心中揮之不去，即便他暗自期待，但她終究沒有留他作伴。他看向屋內，不知從哪飛來的白色蝴蝶在燈泡下飛舞，房間內光影閃爍。班知道她希望他離開，這樣她才能躺下來大哭一場……他無奈點了點頭，但才走到半路，他便又原路走了回去。在光線稀微的窗臺下，觸手可及的距離，查日雅坐在牡丹花紋軟墊上，正為了沒有說給他聽的悲傷故事掉著眼淚。

淚水的旅程在一牆之隔的地方持續著，班在黑暗中漸漸委頓下來，感覺刺痛、疲憊且沉重，他聞到柚子花的味道……從無數個日子以前飄來。在他們分離後的孤獨之前，在夢想破滅之前，在他將一切埋進廢墟之下以前。還來不及阻止，他許久不願想起的古老回憶突然湧現，清晨第一道陽光下，河邊的城市映照在下過雨後的潮濕路面上……以及那裡的氣息，人們緩慢移動著，彷彿不用說話就可以知道彼此的意思。靜謐燈火在向晚時分於四處亮起，自斜陽吹來了陣陣微風，而莉卡……最親切的莉卡，還有那個一頭亂髮追著雲朵到消失在視線之外的小女孩，……怎麼了？

那個總是笑得露出一排牙齒的女孩怎麼了？那個每天都不知疲倦在鄰居的山陀兒園裡冒險的小小探險家怎麼了？那些隨著光影閃爍而滴落的眼淚又是從何而來。那……那他自己呢？他自己又怎麼了？班回想著生活留給他什麼，心裡有些苦澀。每天在充滿陌生人的世界裡睜開雙眼，只為了在寂寞黑夜裡強迫自己再次閉上眼睛，勉強遺忘破碎的夢，用別人包裝好的廉價夢想填滿自己，不斷和沒有回憶價值的光陰糾纏，然後崩塌，麻木而緩慢。

晨光逐漸亮起，眼淚的旅程沒了聲音，沒有白色的蝴蝶，沒有閃爍的光影，只有燈泡還開著迎向陽光，看起來像是牆上有個洞一樣。查日雅抱著貓沉睡著，班凝望了好一陣子，接著從漸漸甦醒的花園走了出去，一邊想像自己的房間裡可能已經遍布了焦躁的孤獨蛛網，準備在寒冷的巢中將他緊緊包裹住。

到了星期一，查日雅又做了一桌大餐給他吃，彷彿什麼事都沒發生。跟上次一樣……豪華的異國美食，希臘式烤鯖魚佐檸檬、喀什米爾咖哩雞配碎腰果、巴塞隆納香料飯、阿富汗蔬食沙拉和皮塔烤餅，餅上還撒了一種紫色的神祕粉末，甜點則是香草奶酪和印度奶茶佐香茅。

她看起來很開心，而且完全沒有提起那天晚上哭著走回家的事，或是那天傍晚，她在門前拉住的那個不知是男是女的人。班也沒有提起自己偷走的唇印，以及它如何飛入他無法回想起細節的灰暗夢中，或是他在燈光閃爍的房間外，隔牆靠著她直到天明。

悠閒度過了下午，兩人各自讀一本書，跟貓玩，手枕著腦後沐浴在柔和陽光下，聊著各種無謂瑣事，闔眼聆聽音樂。傍晚時他們一起坐在外面看著夕陽逐漸黯淡，用滋味如廟會般歡快的桑格利亞酒和陽光道別，暮色如深藍的帷幕落下，大馬士革玫瑰的花瓣在一旁凋落，木芙蓉則慢慢收斂起幾乎轉黑的紅色花瓣擁抱自己。

慵懶而尋常，但班在許多年後依然不明白自己為何無法遺忘那個下午。柔和的微風輕輕吹拂著，鼻間是重瓣臭茉莉的怡人香氣，她纖細而悲傷的手輕輕環著膝蓋，一邊播曼塔納．莫拉袞的老歌〈愛的盡頭〉給他聽。或是那些穿過葉片縫隙灑落在她臉上的明媚陽光，到她眼裡卻濕潤得宛如液滴傾落，而那時她轉過頭來，……他第一次看見橫在她瞳孔裡的裂縫。

13 雷雨

沉默再一次將屋子據為己有，客廳裡再也沒有人聽音樂，理由很單純，因為每個樂章都會讓人想起查日雅。每月定期的遊覽也停止了，雖然塔尼舅舅依然會逐月到曼谷添購種子和骨董布料，每個月一到兩次，但查莉卡經常推託。在喧囂混亂的城市中，查日雅就待在某個地方，她不喜歡這個念頭，也不想再見到妹妹。班仍然在河邊的菜園裡工作，但也經常找藉口不待到晚餐，望著查日雅往常坐的椅子讓他怒不可遏，而當時有個和他年齡相仿的少年搬到了他家隔壁。

那是一間跟班奶奶家一樣延伸到河裡的房子，兩家只隔著一條窄巷，那裡太久沒有出租，他甚至想不起來上一次有住人是什麼時候的事了。但某天半掩的窗戶裡就透出紅光，班想起跟爸爸去過的那些粉紅屋子，他出於好奇便時常無意間往那邊看過去，過了好幾天後，新搬入的住戶才終於現身。那是個長髮且皮膚黝黑的男孩，五官十分俊俏，站在延伸到河裡的陽臺上一語不發看著他，眼神悲傷。接著男孩開口對他簡短招呼……

嗨，簡潔有力，帶著老外口音，男孩又點了一下頭，友誼便由此展開。

帕拉東孤身一人住在那棟房子裡，沒去上學，而且似乎……沒有媽媽，只有在柏林地下搖滾酒吧工作的爸爸會寄生活費給他。在班滿腹疑問卻找不到答案的那段時期，那間沒有大人的房子反而成為世界上最溫暖的地方，破爛的世界裡每個人都有很多答案……卻沒有人要發問。

帕拉東家沒有太多家具，雖然空蕩卻堆滿許多班沒見過的古怪物品。汽車座椅做成的椅子……上面用真實紅色鳥羽裝飾了火焰燃燒的圖案。女性胸部形狀的咖啡杯。整件豹皮做成的地毯。微笑骷髏頭菸灰缸。看起來有幾百年歷史的酒瓶燭臺。造型像紙飛機的電吉他。像是葫蘆裡裝了沙子的打擊樂器。那是邦哥鼓……裡面有海，帕拉東邊說邊將那個葫蘆慢慢翻來覆去。除了小時候在火車上遠遠看見的灰藍海洋，班只有一次跟塔尼舅舅、查莉卡還有查日雅看過真正的海……很久以前的事了，著迷於葫蘆裡的浪潮聲讓他反覆聽了好幾遍。

除了稀奇的物品，那裡還養了古怪的動物，一隻叫蘇西的巨大花豬魚，但更常被叫做性感蘇。橘色斑紋彷彿冬季夕陽，表情陰鬱，在僅容回身的魚缸裡游動時總是噘著嘴彷彿抱怨不休。由於得餵牠吃活體小動物，例如蟋蟀、蜥蜴、蝌蚪和蟑螂，班和帕拉東幾乎得花上整天時間在附近草地遊蕩狩獵，然後回家看著牠用強而有力的懾人下顎將那些可憐獵物咬碎。

但在所有東西之外，那裡最吸引班的是唱片，或者更準確來說……唱片彈藥庫，也是唯一和查日雅家相同之處。唱片滿滿堆在地板和牆上，聽吧……聽完你就懂了，帕拉東說完將耳機放到班頭上，接著點點頭露出戲謔笑容。巨大聲響砰然炸開，從此班的內心便不再一樣了。查日雅棄之不顧的樂曲裡有某種東西進入他體內，吉他尖聲哀號，鼓聲凶猛重擊，貝斯低沉嘶啞，所有聲音同時向他襲來，緊接著憂鬱男聲嘶吼……和他當時內心壓抑聲響如出一轍，憤怒轟鳴無處宣洩，孤獨伶仃無處可去，查日雅的古典樂裡從來不會聽到這樣的高聲咆哮。

班開始練習吉他，找到出路代替匱乏言語，好讓自己不用困死在內心世界，雖然相較於音樂那聽起來更像是某人在瘋狂尖叫，但還是緩和了他內心無法抑制的怒火不至於爆發。他在帕拉東家廝混到深夜，有時甚至待到早上，用手指撫過緊繃絲弦，聆聽那些永遠聽不完的唱片，從經典搖滾聽到龐克，從吉他大神聽到罕為人知的當代好手，從 Rare Earth 到 Led Zeppelin、King Crimson、U2、The Cure 還有 Sex Pistols……

每隔一至兩個月，帕拉東的爸爸帕特拉叔叔會回家一趟，每次只待上幾天，他會教兒子和班一些吉他技巧。帕特拉叔叔三十出頭，帥氣削瘦，頭髮長及半背，即使在燠熱天氣裡也喜歡穿著緊身皮褲走來走去，看起來既有型又像個小流氓，明顯是個不會輕易退讓的人。由於十五歲就當了爸爸，他跟帕拉東還比較像兄弟，而他對帕拉東的態度也不像父親，彼此調笑打鬧，整天像男孩似的玩在一起。

帕特拉叔叔慢慢取代了塔尼舅舅，他有某種和塔尼舅舅相似的溫暖內在，但更偏向搖滾的狂野不羈。他也有許多故事，但是屬於另一個世界，沒有規則的無政府哲學，充滿極端、著魔還有音樂。在那個世界裡沒有人會對誰低頭，即便上帝就在眼前。還有那句傲慢格言……揮霍青春，早點去死。

只要是人都很爛……記住我這句話，他們只會選擇要對誰好，但又不敢展現自己最壞的那一面。對，我們沒辦法選擇出身，但你們要知道，我們永遠可以選擇要當什麼樣的人。答應我……不要讓那些爛人欺負你，記好了，除非你想在他們腳下死得像條狗一樣……在火一樣悶熱的時節裡，班找到新的家庭，帕特拉叔叔是爸爸，帕拉東是哥哥。那是他第一次敢於做夢……夢想長大以後要跟帕特拉叔叔一樣。

我爸存夠錢就會回來開酒吧……就叫帕拉東，很屌吧……／屌／我爸叫我跟你說，你可以準備一下，他很喜歡你，想讓我跟你組個樂團，他說你聽得懂古典樂，耳朵很好，以後會很厲害。除了練習吉他，班還開始逃學，抽菸喝酒之餘也會吸個大麻，但還是渾渾噩噩混到高中畢業了。塔尼舅舅拋下有機菜園後，班幾乎所有時間都待在帕拉東家，每天晚上都寫歌、練習到半夜，他們開始尋找鼓手，還有另一位吉他手……如果需要的話，而且團名也想好了，Broken Rainbow，帕拉東酒吧的Broken Rainbow，啊……就是那樣！多美麗的夢。當時班確信自己要繼續讀藝術，但升學得先擺到一邊，他奶奶身體開始走下坡，不時出現各種大小疾病。

查日雅跟塔納分手返家時……即便只有幾天的時間，班內心深處忍不住期望過一切會恢復往昔，他們會像個快樂家庭一樣在客廳聽音樂、出門騎腳踏車、傍晚去划船、聽某個國王永遠沉睡在水銀之海裡的神奇故事。躺在小貨車後面，看著星星在眼前緩緩滑過，聽她說就是那顆星星……她的星星，他可以好好睡一覺，不用在醒來後便遺忘的夢境裡嚎啕大哭。

早上天還沒亮，帕特拉叔叔便喚醒帕拉東和班，帶他們前往曼谷。在洽圖洽市場東看西看幾乎踅逛了整天後，他們到考山路找了旅館，放好行李便到外頭找東西吃。

晚餐的漢堡吃起來如同潮濕舊報紙，上面還淋了甜番茄醬，咖啡則像用烤過的羅望子沖泡一樣索然無味。飯後他們坐在路邊看行人打發時間，男男女女從世界各地到此漫遊，僅為了在這條狹窄路上走來走去。夜深時他們回到旅館，小睡片刻後便洗澡著裝再次出門。

跟著這對面容姣好、打扮有型的父子出入各處讓班不禁昂首闊步起來，兩人走到哪裡都會有女人指著讓友伴轉頭回看，不僅如此還會對他們投以笑容，甚至連班也有份，而且帕拉東還把大衛鮑伊演唱會T恤和一雙馬汀鞋借給他。當時班快十八了，但在小城裡長大，女生朋友只有查莉卡、查日雅和學校裡三個平凡無奇的女孩，他對男女之間的魅力遊戲毫無所知，陌生女子的甜美目光和彷彿邀請的笑容讓他頓時羞赧，只得趕快低下頭。但只大他半年的帕拉東卻曉得怎麼回以笑容，眉頭微微上揚附送戲謔眼神，宛如箇中好手，班心想自己也許缺乏某種透過基因密碼傳承的東西。

男人們反而看他們很不順眼，無不怒目圓睜眼帶挑釁，但接觸到帕特拉叔叔眼裡那種我他媽揍死你的目光後便立刻紛紛迴避。從家裡出發時，帕特拉叔叔同帕拉東和班一樣只穿輕便牛仔褲，但深夜再次出門時，換上了和唱片封面一樣的全套搖滾樂手打扮……無袖V領T恤，黑色緊身皮褲，各種閃亮亮銀飾，長十字架耳環，兩到三個項鍊，巨大手環，皮革流蘇臂套，長髮放落到背上，甚至還塗了眼影。

在帕特拉叔叔的T恤下緣可以看到露出的寶石綠刺青，三個螺旋從端點延伸出來……中央是一顆心。這是凱爾特人的三曲枝圖，他們的象徵，意思是風，帕特拉叔叔看到他一臉好奇便開口說道，「班」也是風的意思，跟風一樣自由……叔叔的心就是這樣。帕特拉叔叔笑得燦爛，輕輕用拳頭捶了刺青幾下，你的心也是，班，你的心……要像風一樣，記好了。當時班還不知道一個人得多努力、走得多遠，才能脫離桎梏獲得自由，又有多少人永遠都不會再有機會……自由。但再過不久他就會知道了，再過不久。

Soldier Of Love這間酒吧是紅色明亮的四方型盒子，充滿人群、閃電般的光影、煙霧以及喇叭，不管看向何處都有喇叭排列在牆壁上。那天是周末夜的即興表演會，受邀樂手到此跟駐店樂團共演，全都沒有事先排練過。一聽到廣播帕特拉的名字，所有人立刻高聲歡呼，顯然他不僅知名還擁有不少粉絲。跳上煙霧繚繞的舞臺時，他把頭髮往後甩得飛騰，接著便像雷雨中的火鳥一樣，把U2的破碎情歌唱得撕心裂肺。

……我扭曲無形，在妳的衣服下裸裎，口乾舌燥，妳給的庇護炙熱如沙，井裡沒有水，妳是天使還是魔鬼，我無比乾渴，妳卻吻了我，只濕潤我的唇……那是班第一次看帕特拉叔叔表演，臺上的人不僅歌唱，也將吉他彈得叫人發狂，班甚至不敢眨眼，只怕錯過任何瞬間。帕拉東站在一旁揚眉笑著，每五秒鐘就用手肘頂他，你看，你看，我爸超屌吧……

喇叭音牆高聲嘶吼著，貝斯重重敲打身體每一寸細胞，班感覺失重，人們跟著搖頭晃腦，表情如癡如醉。帕特拉叔叔唱出嘶啞高音時，女人們紛紛尖聲叫得歇斯底里，當他跳到半空中學布魯斯·史普林斯汀做出在吉他上甩臂畫圈的經典姿勢，又引來一波瘋狂的尖叫。演奏結束後，舞臺上煙霧瀰漫光影閃爍，帕特拉叔叔靜靜站在原地喘氣，汗水滑過胸前的刺青和半掩臉龐的濡濕長髮，這副模樣讓女人們更是彷彿要死在當場一樣尖叫不已。

烈焰般的夜晚要結束以前，班看見帕特拉叔叔和應該是世上最美的女人正注視著彼此，激烈的喘息還未平復，最後的音樂聲在煙幕中兀自轟響，兩人就那樣看著對方一語不發。但突然間，她伸手輕輕碰觸他臉頰，帕特拉叔叔像孩子一樣笑了出來，她傾身用柔軟甜美的唇收下笑聲，這個吻久得彷彿兩人是對久別重逢的情侶。當心碎時刻來臨，打烊燈亮起，帕特拉叔叔鬆開女人雙唇，顯然意猶未盡。他帶她回到旅館，而班和帕拉東只能聽著她在隔壁房無止境的呻吟聲入睡……

我有這樣的爸爸，其他什麼都不需要啦班，我爸太酷了，帕拉東的低語和隔壁女子的呻吟聲重疊，我爸說國外的工作不會再做更久了，最多半年，再存一點錢就要回來了，我們會搬回曼谷，開一間我跟你說過的那種酒吧……就叫帕拉東，你要跟我一起，我們組團，來當我弟吧班。班在黑暗中淺笑著，想起有過一個女孩要把他帶回家當親哥哥照顧，但這個念頭一閃而逝，只留下淡淡苦澀。

呻吟聲整晚都沒有停過，所以班簡直不敢相信，那女人會在早上輕易離開了帕特拉叔叔，就那樣……注視他良久，彷彿要把他心裡每一絲細節都記下來。她像最初以愛邀請他時一樣伸手輕觸他臉頰，她笑得溫暖明亮，彷彿發自生命最深處的光芒，接著便轉身離開。

在熙來攘往的人群中，在這個充滿陌生臉孔的世界，她再次……消失了。

14 在細雨中跳著傳統舞蹈的女人

沒人知道咖啡店在那邊多久了，又是從什麼時候開始荒廢下來，但每次工作路上走在馬路另一側時，查日雅都會轉頭看一下，但粉紅色灰暗招牌下的店面始終緊閉，飄逸手寫字體印著羅莎琳咖啡。

某日查日雅正渾身濕透在相隔甚遠的另一條路上躲雨，遠遠看見那塊招牌被同一場風暴吹落，差點砸到站在下面躲雨玩溜溜球的男孩，之後就那樣擱在路上好幾天，直到有人受夠了才把它挪到電線桿旁。路過時沒再看見招牌，查日雅不再轉頭瞥視，後來原地開了眼鏡行，她便徹底遺忘了世界上有過一間叫這個名字的咖啡店。

招牌丟在電線桿旁兩三天後，一個老人半拖半拉帶走了它，帶回家後在臥室裡挪動許久，發現大小剛好後便擱在房間裡，用來阻隔睡在房間另一側過世兩年的太太發出的鼾聲。但幾天後他便把招牌丟到垃圾場，因為他無法承受快入睡時沒聽見太太鼾聲的悲傷。

招牌被當成廢棄物一樣丟在那裡，直到某個年輕的載客摩托車駕駛和六個朋友把它抬走，他們花了將近一天時間把它改造為長椅。咖啡兩個字做成椅板，剩餘部分做成椅背……滿是羅莎琳，於是人們開始稱這個招呼站為羅莎琳站，連一旁無名小巷也被叫成了羅莎琳巷。一年不到，招呼站移至不遠處另個巷口，有更多捷徑可以通往交通要道，人潮也更多。但新招呼站空間不足，長椅丟在原處，在地方機關設置路牌前幾天剛好瓦解為碎末。海軍藍鋼板上印著羅莎琳巷，邊緣鑲金看起來無比豪華，於是人們開始口耳相傳，羅莎琳是某個曾統領該地區的王室後裔。

但這個說法旋即煙消雲散，當時巷裡有個女人懷胎八月摔下樓梯死了，而報紙上有則高齡產婦吊死樹下報復不忠丈夫的熱門新聞，就發生在某處巷子裡。於是街談巷議理所當然說起這樣的故事，有個叫羅莎琳的高齡產婦因為對愛情絕望便在巷內荒地上吊報復丈夫，後來官方就拿她的名字給巷子命名以紀念這段苦戀。

傳說原本會再次消逝，要不是麗芝嬸有塊巷內地皮賣了好幾年都賣不出去。這位中年婦女為了將土地脫手便去找靈媒問事，對方建議她準備葷腥、甜品及鮮花紅燭，花的顏色還得合她命數，用這些祭拜地靈祈求廣開商路。後來一年輕女子行經此地看到羅望子樹下供品和象徵愛情的紅玫瑰，便確信必是用以祭祀那個叫羅莎琳的女人，那段淒美愛情故事肯定是在這棵樹下以尼龍繩結束。隔天清晨她也帶了紅玫瑰來供奉，祈求羅莎琳的靈魂庇佑她覓得良緣，雖然故事裡的女人分明是心碎吊死。不僅如此，路人看到後紛紛仿效，因此樹下永遠凌亂擺著玫瑰和供品。

當某個女子偶然如願後擅自在此蓋了座小神龕還願，羅莎琳妙法靈驗便有實證可循，參拜信眾愈發趨之若鶩。但一旁麗芝嬸仍然沒把土地賣出去，見人潮如此便再去徵詢靈媒意見。接通日月火星之後，師父說不可能趕走信徒，勸她善待為愛心碎的靈體，方有望改善自身財運。

於是麗芝嬸在旁搭了個棚子，僱了附近遊民來清掃，但她太過吝嗇不願付薪水，索性放了個捐獻箱。但她沒料到世界上缺愛之人數量龐大，她只能在信徒迅速塞滿箱子後找更大的替換，換來換去直到擺上了她能找到最大的箱子，還是得每隔兩天把錢取出存到銀行才能清出空間。見到這番景象，原本只想賣掉土地有筆錢安享晚年的麗芝嬸開始想得更遠，她忖著或許可以賺更多錢拿去做功德，投資下半輩子甚至往後好幾輩子的福氣。

當查日雅在花園裡埋首栽植不問世事，麗芝嬸招人在羅望子樹下蓋了座泰式祠堂，接著又找熟人畫了幅女子肖像，還強調要畫得美麗而哀傷，完成之後就掛在祠堂牆上，畫像旁則用一張紙向不知情的人交代完那段淒美故事，對愛情絕望的高齡產婦吊死在這棵羅望子樹。接著她拆掉早已被龐大求愛想望給重重壓垮的小神龕，在查日雅從公車站牌下帶瀕死小黃貓回家當叔叔養那天，麗芝嬸掛上紅色匾額，比查日雅看過的咖啡店招牌還要大上兩倍，上面寫著羅莎琳靈女祠。

祠堂落成沒幾天，便有電視節目採訪車停在巷口，他們原本是要趕去報導歌手緋聞，錯過了時間便索性來報導靈女羅莎琳的淒美故事填滿空檔。想不到……靈女故事一夜之間傳遍大街小巷，最後其他節目也得趕緊挖出更多細節跟上報導，例如滿月時有人會看見高齡產婦坐在樹上晃蕩雙腳的靈異故事，重述〈靈女〉羅莎琳淒美故事的小短劇，某信徒連續十九次成功讓戀人回心轉意的見證，在情人節該怎麼拜的小眉角。甚至連麗芝嬸樂善好施、經濟適足的生活方式都有人做專題報導，還有節目推薦「如願烤雞」這間餐廳的菜單，因為他們剛在祠堂對面開了大型分店。

在那之後，就連腳踏好幾條船的人都會去拜靈女，麗芝嬸不到一年內就賺進千萬，比當年開給仲介的土地賣價還高，每天都有源源不絕的大量現金可以讓她拿去做功德。摩托車招呼站搬回了原處，雖然駕駛們有些不明所以，但載送缺愛乘客獲利高出原地點數倍。他們有錢後買了一張雨豆樹打造的高級長凳，中間漆成棋盤圖案，上頭還搭起鈦鋅板屋頂，沒有人敢開口道出和牆上羅莎琳靈女傳說相異的故事。

查日雅在自助餐店碰巧看見「羅莎琳靈幻祕戀」專題報導的那天晚上，絲毫沒有疑心這個女人和她曾每天經過的荒廢咖啡店有關，或是她在發黃脆化的信紙裡看過上千遍的名字。她把爸爸那些信讀過好幾次，那塊招牌打從一開始便吸引了她的目光，讓她忍不住屢屢回望。

情書裡的羅莎琳沒有統領過任何土地，沒懷孕過，沒當過靈女，也沒吊死過，但小時候家裡會親暱喚她蘿絲，剛好對上信徒手裡的玫瑰，而她跟傳說裡的羅莎琳一樣敗給了愛情。她出身高貴，在名校習得精湛的泰國傳統舞蹈，也是媽媽最愛的女兒。

十九歲時，她受邀在全國中等學校數學科教師研討會晚宴表演，認識了查日雅的爸爸托老師，相談甚歡之餘他央求她隔天導覽曼谷，在短暫的下午過後……他們便成為戀人。爸爸離開後整整一年日日寄信，當學校傳統舞老師的職位空了出來，他便懇求羅莎琳到那空猜西任教，好讓他們能朝夕相處。他幫她租了一間藍色小屋，每日用一朵玫瑰承諾會跟妻子離婚來娶她。

但沒多久家裡就發現她跟有妻兒的男人在一起，她母親宣布倘若不離開那男人回家就要跟她斷絕關係……羅莎琳選擇了他。即便查日雅誕生那天太太發現他外遇並在三年後威脅要自殺，他都還是懇求她耐心等待，羅莎琳，我保證無論如何，不論是生是死，我都會回去陪在妳身邊。

羅莎琳一次都沒哭過，等了他長達六年，在藍色屋子裡孤獨度過人生精華歲月，只有他每兩三日偷偷寄來的信件聊以安慰。到了最後一年，他突然毫無理由不寫了，沉默消失數月，她就要遺忘他……他卻回來了，身體因渴望而衰老消瘦，彷彿時間在他那頭快轉了三十年。但當兩人躺在將近十年前他每日下午撫摸她的床上，羅莎琳毫無預警遭到襲擊……氣味。

氣味像是從身體昇華出來似的，他太過脆弱以致無法排出穢物、藥品殘渣，以及生命的苦澀。他看起來跟內科病房裡的病人一樣憔悴，惡臭刺鼻，而且容貌無比陌生，羅莎琳承受不住因此做到一半便起身到窗戶邊呼吸。她看著河流在遠方流動，努力回想他昔日話語，但只記得寫在信裡的涕淚縱橫……我每一絲呼吸都在思念妳，我折磨得彷彿墜入煉獄，我不明白自己怎麼會讓我們陷入如此痛苦的境地。

你知道嗎，我一直相信你會回來……她停了半晌笑得寂寞，還沒能繼續說出但我現在才發現我們很久以前就結束了，轉頭便發現他早已死去……赤身裸體翻著白眼，頭髮散落額上，下顎微微張開。他肋骨邊緣有道傷口她沒見過，醫生從那裡切除半個肝臟但癌細胞依然擴散全身。羅莎琳不敢相信眼前所見，坐著凝視他良久才想到自己還沒穿衣服，接著馬上又意識到假如她沒站起來，讓一切繼續進行，他也許會在跟她做愛時斷氣。

委靡坐倒在窗戶下……羅莎琳笑了，而且足足笑了一個小時沒停過，連將他寫來的上千封信鋪在棺材底時都忍不住再次長笑出聲。她託受僱司機將他軀體疊在上面，囑咐送他回家，之後便收拾必要行李坐上當晚末班公車返回曼谷，卻發現自己將永遠是個無親無故的人。她母親幾個月前剛過世，家裡怪罪她就是緣由，他們厲聲驅趕群起攻之，不讓她再踏入家門一步，好幾年前結交的朋友也早已各自星散。

那之後羅莎琳便孤苦伶仃，受僱跳傳統舞蹈來養活自己，不論生日、喜慶或是神前還願，從餐廳一直彎著手腕跳到火葬場。年紀更大了以後她拿儲蓄在街角開了間叫羅莎琳的咖啡廳，離查日雅工作的唱片行不遠。雖然她很低調也不太與人交遊攀談，但三十八歲時羅莎琳開始不停說話……跟自己，在每個地方都大聲說著，絲毫不在乎周遭目光。

四十歲時她開始跟查日雅過世的爸爸說話，彷彿他隱形站在眼前，我對你做過什麼事嗎？為什麼你要這樣對我！或是，不是……不是說會回來找我嗎？為什麼你他媽死了！怒目圓睜破口大罵，而且突然便發作起來，顧客紛紛逃離不敢上門，最後店只得收起來……大約是查日雅路過瞥見前一年。

後來她更加封閉自己，幾乎不太出門與人打照面，成日在緊閉房間內對自己和過去吶喊，聲音大得彷彿要確定查日雅身處生命邊緣另一端的爸爸能夠清楚聽見。沒人注意到哪時起便沒了聲音，她又是何時失去蹤影，直到鄰居某日聞到惡臭飄出，才一起破門查看。但除了巨大老鼠屍骸腐爛在房間裡之外便空無一人，屋內堆滿了老師寫給她的數千封情書。原本查日雅的媽媽在數十年前便將信件焚盡，但羅莎琳全部抄寫了下來好再讀一遍……從記憶裡。

之後過了很久……查日雅在公車上見到羅莎琳本人，那個女子迎著細雨在分隔島上彎起手腕跳著傳統舞蹈，依然沿路和死者大聲對話，查日雅對女子的舞姿深感敬佩，在目光交接的瞬間投以微笑。當多年之後查日雅永遠迷失在大馬士革玫瑰的花瓣之間，羅莎琳在細雨中的妖嬈舞姿會從她蒐羅自這個世界的百萬回憶裡浮現，但她無論如何都不會看見，……細雨中彎起手腕舞著的女人與她之間繁複煎熬的千絲萬縷。

15　夜晚的男孩

凌晨四點四十八分，鄰里所有人都被某種彷彿動物暴怒或劇痛的淒厲叫聲吵醒，聲音在雨中斷斷續續作響。班從床鋪起身跑到屋前，聲音安靜下來了，但立刻又再度響起，路燈將雨絲照得像是數百萬根釘子從暗紅天空灑下。他在不遠處看到帕特拉叔叔身影模糊，腳步虛弱向他走來，上身赤裸，叫聲痛苦得幾近瘋狂，懷裡抱著……帕拉東。

班跑過雨幕衝向前，想要幫忙接住快要滑落的軀體，但帕特拉叔叔甩過身子避開，反而重心不穩摔在地上，手裡依然緊抱住兒子，哀號不已。班……都是我的錯，我，是我做的，班身體顫抖卻一點也不覺得寒冷，是我做的班，帕特拉叔叔低頭看向兒子，不斷啜泣著。

針是我打的，我親手幫他打的，接著抬頭絕望看著班，悲傷嘶吼，班，我殺了我兒子，雷鳴閃電照亮天空，班忍不住顫抖得更厲害了。是我把那個該死的粉末打進去，是我打的，然後，我躺在他旁邊，我躺在那裡，我就躺在那裡啊班，我整個晚上躺在他旁邊，帕特拉叔叔再次大聲叫喊著。

帕拉東眼睛仍睜著，淹沒在大雨中悲傷無神，當班伸手讓摯友的眼睛永遠闔上……帕拉東第一次落下眼淚。班從沒想過這件事，從來沒有，他心想自己為什麼從來不知道這件事？班哭了起來，邊啜泣邊閉上眼睛，在黑暗中看見父親為兒子緩緩注入海洛因、蓋上被子，如往常一樣摸了摸兒子的頭，接著自己也打了一針，躺在兒子身旁墜入無底深淵。但返回時卻發現兒子沒有跟上，已迷失在永遠無法抵達的神祕疆土。

他最後能寄望的家庭也破碎了，班只能在雨中絕望哭泣，感覺一切都崩塌了，雨絲鋒利無情……不停刺痛他的身體將他徹底擊潰，甚至鑿入他體內吞噬一切，只留下一個疑問……為什麼？為什麼？為什麼？當彷彿永遠不會結束的濕冷終於結束，班停止哭泣，第一次意識到孤獨將會終生伴隨自己。

天空不再晴朗，帕特拉叔叔沒有回柏林，沒有如他原本預期的在隔年見證那道圍牆倒下。他將房子退租，全部家當都留給班，剃光曾飄逸風中的長髮，踏上最後一趟旅程回到家鄉帕府，在荒煙蔓草裡的叢林寺院出家。叔叔什麼也沒有了班，帕特拉叔叔說……這是他留給班的最後一句話。班沉默無語，某種東西仍在他體內不斷侵蝕，即使帕拉東死去那天起他內心便只剩下空洞。

他很想說，他想告訴帕特拉叔叔，還有他在，不要走，先留下來陪他，讓他安慰，讓他陪伴，他可以當兄弟、兒子，只要陪在他身邊就好……留下來吧，安慰他，陪伴他，當他兄長，當他父親，不要再丟下他……他已經沒有別人了。但他只能沉默，他看著那雙充滿過美麗夢想的眼睛，如今只泛紅得像是仍不斷無淚號哭。他看到原本自由如風的那顆心，碎裂在永無止盡的悲痛牢籠裡，原本令人孺慕、嚮往、想一起做夢的男人，崩潰得一塌糊塗。在放手讓帕特拉叔叔離去時，班只能在心裡用破碎的語言吶喊哀求……不要走，不要走，呆立凝望著對方走出視線之外。

帕特拉叔叔一走，他便氣得身體不停顫抖，當他回過神來發現自己不知何時遊蕩到當初從河裡救起查日雅的涼亭，更是憤怒得幾近瘋狂。他氣所有愛過的人都消失無蹤，氣自己擁有過的家庭全都崩塌殆盡，氣自己一次又一次孤獨無依，氣一切變成這個樣子。

那時查莉卡在他身旁坐下，一句話也沒說……只是沉默，她鬆開他緊握的手，輕輕抱著他搖晃給予安慰，溫柔而舒緩。班靠在她肩膀上，吐出各種結結巴巴、顛三倒四的話語，直到她低頭對他說了一些話，輕如游絲，班心中暴漲的思緒才漸漸平復，又一次……時間停了下來。

那之後沒幾個月奶奶也離開他時，班幾乎沒有任何情緒了。沒有道別，沒有遺言，只是舉起缺了小指的手，臉倒向早已準備好的盛開粉紅荷花叢，接著就沒了呼吸。那是個天氣宜人的美麗下午，班甚至不敢相信有人會在那種日子死去，他不明白為什麼依然鳥語花香，太陽也仍高掛天空，舒爽微風是從哪裡吹來？一切怎能像是什麼都沒發生過一樣？

班辦完奶奶葬禮就賣了房子搬到曼谷，申請上一間藝術學校，二年級時認識了有興趣玩同類型音樂的新朋友，找到中意的鼓手和吉他手後便組了樂團。不叫他曾想跟帕拉東一起組的 Broken Rainbow，而是改為 Broken Soul，靈魂破碎到最深處……那就是他的感覺。就這樣……他帶著破敗心靈踏入本該是人生中最美好的時光。

該年底他們進了錄音室，加盟小型獨立公司出了張唱片，幾乎沒什麼銷量，但是讓他們得到了每週兩天在帕蓬區酒吧表演的機會。他們還是有去學院上課，勉強通過考試，主要都在孜孜矻矻作曲練團，隔年又推出新唱片，但依然沒什麼成績。接著他們又獲得The Bleeding Heart的演出工作，最後便轉移到那間心頭淌血的酒吧成為常駐樂團，每週登臺六天。因為再也沒辦法早起去上課，每個人最終都退學了。

過去幾年，班為家人們寫了很多歌，〈一如沙粒〉給齊特叔叔，〈日光〉給塔尼舅舅，悲歌〈星月消融〉給查日雅，〈妳停下時間〉給查莉卡，〈燃燒〉給帕特拉叔叔，還有〈在黑暗中〉給帕拉東。但他把那些歌都藏在心裡，從未演奏給任何人聽過，也沒有像他和查莉卡承諾過的回河邊造訪那棟房子。當一件事改變了，班忍不住害怕其他事情也會跟著變卦，所以他寧可全都丟下……丟在他離開的地方，都不要碰觸最好。他把一切遺棄在內心荒蕪深處，讓自己相信這樣就永遠不會再有任何改變了。

即使他一直那樣騙自己，不讓心再受到傷害，但跟查日雅再次回到河邊房子時。時間的痕跡還是讓他忍不住動搖。房屋陳舊了不少，多年前塔尼舅舅修好的牆壁和地板出現好幾道長痕，在家裡只有媽媽啜泣聲時緊閉的窗戶對不上邊框，各處油漆都褪色不少，柚子樹也無比消瘦。噴水池裡會旋轉的低頭天鵝像轉過頭來瞥了他一眼，接著又低頭往另一邊轉去，看起來衰老、憤怒而悲傷，面孔也變了顏色，頭看起來垂得更低了，班看了暗自內疚。

最後一次見面是多久以前的事啦……查莉卡笑著，班伸出手指掂算，七、八年了吧／你看起來都沒變啊班，只是頭髮長了，看起來很嬉皮喔。班淺淺笑著，但妳更漂亮了喔莉卡／少嘴甜了，明明說要回來也沒看到你的人／對不起莉卡／回來就好，原諒你／塔尼舅舅呢……／跟以前一樣，去旅行了／什麼時候回來……／還要幾個月吧，信上說是在拉達克，也不知道是哪裡。

我比較常回來都沒遇到他了，一直錯過，查日雅從唱片堆中抬起頭來說道，買布嗎……班問道，嗯／他這麼執著嗎……／好幾年了啊班，一直都這樣，查莉卡笑得燦爛。班想起最後一次和塔尼舅舅碰面，那時舅舅看起來還很年輕，仍然有著年輕人的目光和笑容。有什麼事都能找我說喔，你就像我外甥一樣知道嗎，塔尼舅舅只是這樣簡短和他道別，彷彿他去幾天就回來了，他也沒想到會過那麼久才再次返回。

班你住下來吧，睡舅舅房間，明天再回去，我們傍晚划船去吃新開的餐廳，在普爺爺的菜園再過去一點／是農爺爺的鬼屋那裡嗎……查日雅慌張問道，班大聲笑了出來，對啊就是農爺爺的家，查莉卡答完班又是一陣大笑。但是很久沒有人看到農爺爺了，變成那麼時髦的餐廳，他要坐在哪裡哭啊，會一團亂吧／我在來的路上看到好多新招牌／嗯啊，這裡不像以前那麼鄉下囉／嗯，但我比較想吃甜食欸，曼谷那邊都在流傳，說這附近有超好吃的甜點，老闆娘還跟天使一樣漂亮。班戲謔笑著，好，天使明天就變出甜點給你吃當早餐好不好？查莉卡笑聲清脆，啊……她的笑聲，他好久沒聽過了。

蕭邦寂寥的夜曲輕輕響起，彷彿聲音初次回到這間房子那天，妳剛剛說的那間餐廳有什麼好吃的啊莉卡……查日雅問道。蕉葉紅咖哩蒸魚，有興趣嗎？他們是用西式點心鐵盤蒸喔／吼太奢華了吧，聽了都要流口水了……／還有……喔他們的河魚也很好吃，還有家常咖哩佐秋葵葉、藤黃煮鯖魚、汆燙小鱗波曼石首魚、蕈菇羹湯……／好了好了，我都聽到餓了，你呢班？……查日雅用甜美的聲音說道，好啊查麗，我今天不用表演，明天中午以前再回曼谷就好／太好了！可以一起吃飯了／對啊，都七年沒跟莉卡一起吃過飯了。

查日雅在悲傷樂曲之間坐到姊姊身旁，抓住查莉卡的手甜笑著，我也想跟查莉卡吃飯，人家好想妳喔，兩人看起來如此相像，有相似的目光和笑容。查莉卡五官精緻，留著及肩短髮，個性直來直往，有著小城居民的堅毅。查日雅比較白，留著波浪長髮，雖然沒有姊姊那麼漂亮但更精於打扮。班的腦袋裡閃過一幕幕往日情景，和他情同家人的兩姊妹當時還只是髒兮兮的小鬼，現在都已經是成熟女子了，他那時從未想像過她們長大後的樣子。

妳少來喔查麗，查莉卡轉頭捶了妹妹一下，班你也是，這頓飯吃完說不定又要再過七年才能跟你一起吃飯，是誰答應過的啊？要不是查麗剛好遇到你，說不定……／對不起莉卡，我……班有些尷尬，感覺喉裡卡了一團東西，不知道該怎麼回答查莉卡才好。他沒跟她說自己曾在路上將一個路人誤認成她，當那個陌生女子抬起頭時他才一陣落寞，還有他以為即將遇到她的幾秒之間，胸口裡又是如何雀躍敲打著。

他沒有說出自己曾經回來過……一次，但也只到半路而已，當時他躊躇了好一陣子，最後還是搭上回程巴士。他害怕看到她跟塔尼舅舅會跟自己牢記在心中的模樣完全不同。他沒有跟他倆說，他曾經躺在地上看著天空，回想他們一起躺在舊貨車後面，仰望滿天星斗直到月亮在清晨淡去。他沒有提到自己過去的租屋房間看出窗外有多麼破敗荒涼，他都過著什麼樣的生活，以及這麼多年以來的每一天……他有多麼想念他們。

他沒有說出他有多少次在心中盼望著，無比盼望著，一切能夠回復到他們現在坐著的小客廳裡。蕭邦筆下世界上最悲傷的樂章在背景輕輕播放，坐著不斷閒聊各種言不及義的話題，從某處飄來的炊煙氣味與夜晚河流的氣息雜揉在一起，沒有任何地方夜裡的味道會與這裡的夜晚相同……

對不起莉卡，我很抱歉，我就是這樣，什麼事都做不好。

16 皮影戲

那堤從小就認為自己是為愛而生……此生只為了愛得深刻、沉醉、激烈。他遇到查日雅時三十六歲，大半輩子過著平淡無奇的生活，有過許多女人，好幾次差點勉強結了婚，早已放棄去期待能那樣愛著一個人。

來往僅一個月後，那堤就告訴查日雅他得去塞拉耶佛採訪，那裡的市中心幾天前才爆發血腥圍城戰役，還把那裡發生的野蠻行徑講給她聽，彷彿身歷其境一般，還強調了好幾次自己可能無法活著回來。那堤只是想知道她對他是怎麼想的，對他的感情有多深，像是要檢驗人心一樣。我並不想去，這趟很冒險，沒有妳的時候要我怎樣都行，我的人生原本一點意義都沒有。他目光穿過傍晚的花園，看著葉尖上下晃動，然後轉頭用悲傷的眼神看向查日雅。但現在我有妳了，我不想再去冒險，我怕我會出事，我想活著……跟妳待在一起，最後一句話顫抖著消失在喉間。

正深陷愛情的查日雅只能放聲大哭，於是他承諾會每天打電話回來找她，讓她知道他安然無恙。但那堤哪兒都沒去，而且等了將近一個星期才實踐諾言打電話給查日雅，她在電話裡哭得厲害，聲音盡是啜泣和哽咽。愧疚咬得那堤難以成眠，只能不斷嘆氣卻無計可施，為了自己害得她如此難過而痛苦不已。無法和查日雅見面也讓他躁狂，開始出現各種胡思亂想，害怕她在兩人無法見面時發生意外。

由於再也無法忍受如此煎熬，他便暗自在唱片行對面遠遠看著她，查日雅散發出一股無以名狀的寂寞與悲傷，那堤的愛意愈發高漲，甚至為她寫下好幾首詩。即便如此，他還是不願意打電話給她，只是一直盯著電話，好幾次差點忍不住伸手撥出。傍晚時他會去偷看下班的她坐在路邊吃麵，然後行屍走肉一般在黑暗裡跟隨，看著她屋裡的燈光從窗戶照出來，最後才回到家裡，整夜裡半睡半醒穿梭無數夢境。就這樣咬牙折磨了自己三個星期，他才拖著憔悴的身體回去找查日雅。

……而從未感受過的強大渴望幾乎像烈火一樣將他焚燒殆盡，那堤這輩子從來沒如此深愛過一個人，內心只覺得著迷痴狂，當她再度回到懷抱中，彷彿世界上再也沒有其他快樂可以比擬……她因盼望而消瘦的身姿，被淚水沾濕的眼眸，讓那堤在激動中不斷說著愛她，吻遍她全身……從髮端、額頭、下頷、肩膀到臉頰。當他回想起他們剛經歷的悲慘別離，不禁悲痛交加落下淚來。

必須華麗得讓人目眩神迷……那堤的愛情觀就是這樣，要跟羅密歐與茱麗葉一樣癡迷癲狂，每天都要有彷彿好萊塢電影的對話，有浪漫主義時期古典樂在腦中如配樂般作響，有不得不分離的冒險來考驗情感，背景則是夢想破滅的城市。另一方面，身為親生母親都不愛的女兒，整天找動植物當親戚，久受寂寞慢性病所苦，甚至還有一段人生是在金魚缸裡度過……查日雅沒有選擇，只能下沉潛入到烈愛迷思的壯麗深處，去體驗現實生活中……從來沒有人感受過的愛情。

即便不願離開她身邊，那堤還是忍不住繼續編造故事，跟她說自己得再前往另一個地方出生入死，接著又消失兩三個星期，兩人在電話裡交換思念和憂慮，而他會聽著查日雅哭得肝腸寸斷。即使早已過了那個年紀，但他會想像自己是個自負卻又深受折磨的年輕人，直到歸期來臨，他會重返她焦躁不安的懷抱，而那份情意會再次將他拉進激烈深刻的愛情。

但過了一段時間後查日雅看開了，她開始習慣那堤貼近死亡的生活，而且相信他總是能跟往常一樣平安歸來。她漸漸只會在道別時掉下幾滴眼淚，用寂寞的聲音講著電話，平靜等待他復返，迎接他的溫暖擁抱也愈來愈像母親在抱孩子。而對那堤來說，他仍然渴望深刻激烈的愛情，彷彿兩人隨時都會灰飛煙滅一般。

有次兩人去爬山，那堤在查日雅仍熟睡時走出帳篷散步，回頭便躲在樹叢後面，只為了看她醒來發現他不在身旁時驚慌失措的樣子。過了好一陣子他才面無表情現身，我只是走得遠一點而已，不要哭了嘛……親愛的。另一次則放查日雅鴿子沒有赴約，讓她擔心了整個晚上，隔天早上才打電話說在邊境得了腦脊髓膜炎，病得非常厲害。但他不會……他永遠不會跟她說是邊境的哪裡。我不想讓妳看到我瀕死的樣子，如果我沒有活下來，請妳記得，查日雅，我愛妳。

查日雅不知道他家在哪裡，他只說過是跟母親一起住，而他媽媽不喜歡看到兒子跟別的女人相愛。沒事的，我媽就快死了……早晚的事，他安慰道。他也沒說過公司在哪裡，我是獨立記者啊，哪有什麼辦公室，妳也知道獨立記者是什麼意思吧？因為不知道要去哪裡找他，查日雅只能丟下工作到各個醫院找尋。一個星期過後他又出現了，一臉神清氣爽，說自己奇蹟似的康復了，因為當了白老鼠嘗試新藥，發明這種藥的人一定會拿諾貝爾獎，妳等著看好了。

不只是編造各種不斷更動細節的驚悚事件，那堤還喜歡佯裝成經歷過沉重往事的人，有時像日本電影主角般陰鬱，有時則像獨立電影導演一樣敏感難懂。有一天他對查日雅說他們之間的差異彷彿山谷與天空，究竟要怎樣才能走到最後。另一天則說她讓他變得瞻前顧後，讓他沒辦法成為夢想中那種踏足險境的記者。下一次卻又換了說法，埋怨自己絆住了她，沒辦法像個好男人一樣負起責任照顧她，任何人都可以將他取代。離開我吧查日雅，我不配擁有妳。但過一段時間他又變成愛吃醋的戀人，繪聲繪影想像出各種遭到背叛的情節，即使查日雅根本沒跟其他男人碰面。

然後他又消失了，一個星期、一個月，有時甚至……好幾個月。回來時總是一副受盡風霜苦楚，彷彿沒吃沒睡的憔悴模樣，但主要都是因為愛情的折磨。而事實的確如此，那堤認為他沒有撒謊，他真的相信自己是個衝突記者，相信自己爬山那次真的只是走遠了，真的得過腦脊髓膜炎，也真的是個複雜、敏感、難以確定的人，而他也確實受盡折磨、沒吃沒睡，全都是為了愛情。

午後的微風徐徐吹著，夾帶一絲重瓣臭茉莉的香氣，那堤又在消失近月後重新出現，對查日雅百般溫柔，訴說自己的苦衷，還保證以後不會再這樣了。接著他打開小筆記本，開始講故事給她聽……寂寞的十歲小女孩寫瓶中信丟入海中，希望能找到朋友，瓶子繞了國家三圈才在六年後被十三歲小男孩撿到，他回信說可以當她朋友。但當時女孩十六歲了，早已對原先的心情漠不在乎，也對年紀小那麼多的男孩不感興趣。

她沒有回信，完全遺忘這件事，她長大成人，談戀愛、結婚、離婚，過了大半輩子孤獨的生活，直到人過中年後才跟她遇過最棒的男人相愛。在她戀人要搬去和她同住那天，她幫忙整理時在他年輕時代的眾多物品裡，發現了自己在最寂寞時送出的那封信。她不敢相信他就是那個回信給她的男孩，他就那樣被她拒絕、遺忘。而他也一樣……早已忘了那個無情的女孩，但最終還是與她為伴。

查日雅深受觸動，就像在聽塔尼舅舅那些神奇故事時一樣，愛情的力量以及對愛的信念，讓兩個人穿過時間與複雜的人生得以相愛，她為此感動不已。那堤仍將查日雅抱在懷裡，他闔上筆記本，用溫柔口吻對她說自己有了別的女人。

……這次他不是編的，還不認識查日雅之前，他便帶過萍帕卡去吃飯、看電影，而且依然時常見面，就在他跟查日雅說自己涉足險境採訪時、羅患想像中的惡疾時、迴避自己對她的渴望時，以及他耽溺於衡量他們兩人之間究竟誰更愛誰時。當時間和熟悉削弱了他與查日雅的愛情，他與萍帕卡的愛反而愈發堅定。他不是那種喜歡腳踏好幾條船的男人，但內心深處……在他沒意識到的地方，那堤只是需要某種東西，某種讓他的愛情能夠更有價值、更有意義的東西，而不會讓愛被熟悉給侵蝕殆盡，他需要某種恆久不癒的疼痛……

甜蜜瞬間爆炸為粉末，查日雅陷入瘋狂，她變得歇斯底里，病懨懨的什麼也不吃，直往牆壁扔東西，從早到晚都不能入眠。她在幾個小時內想出六十二種自殺方式，她想像自己在他面前衝向牆壁一撞後倒在他面前，接著又大吼大叫直到發不出聲音。她在第一個星期和那堤分手了八百次，第二個星期四百次，最後剩下每個星期五十次，但仍明白自己不能沒有他。

後來她的反應只剩下偶爾的啜泣與暴怒，有時甚至平靜得像是已經放下的人。她定下神來將六十二種自殺方式緩緩抄寫在紙上，從最古典的中式吞鴉片，或是一般的用繩索把脖子綁在門把上等人來開門，更簡單一點的還有不斷奔跑直到力竭身亡，比較奇幻的則是跟鴕鳥一樣挖個洞把頭埋進去，就像所有害怕生活的人一樣。接著她像是在念咒一樣盯著那張紙，但是一臉悲傷……不只不敢去做，查日雅還很害怕她真的會失手殺了自己，即便她可能根本不想死。

做完各種自我折磨的事，查日雅只能開始哭泣，有時大聲哭號，有時在內心無聲落淚，時間長短不一，視她當天狀況而定。她在公廁、公車、餐廳裡、馬路上哭泣，如果不用出門就待在家裡哭，播放悲傷的音樂躺在牡丹花紋軟墊上抽噎。不然就是用眼淚代水澆花，於是花紛紛往馬路上散發心碎的氣味，連還在媽媽懷裡的嬰兒都會在經過時莫名大哭。

隨著時間流逝，兩人悲喜交加的戀情成為宿命，那堤依然飄忽不定卻又不曾徹底消失，總是在失蹤數日或數個月後再次出現，送上他的無限柔情，接著又一臉悲傷再度離去。查日雅陷在這樣悲慘的循環裡，內心苦澀而終日哭泣，淚水從來沒停過。最後她左眼中央浮現出灰色陰影，像一道淺淺裂縫，淡得幾乎看不見，雖然沒有帶給她任何疼痛，卻讓那隻眼睛看起來比另一隻更加寂寞。心思細膩的人會避開視線不敢對上她那隻眼睛，而她透過那道灰痕看出去的世界也被裂縫穿過。

在她眼裡……整個世界都是破碎的。

17 田鼠大都會

查莉卡比住在河邊的任何人都還要漂亮，她不只繼承了母親的美麗以及對愛的信念，還散發出某種女主角的魅力，而且還擁有堅強、善良、冷靜的性格。但她過得低調平淡，每天只忙著做甜點、閱讀小說，為現實中不存在的角色哭泣。

她以為是軍校學生的那個人早已是校級軍官了，當查莉卡知道他要結婚時只能暗自垂淚，然後在心中對他表白八萬七千六百零五次。一次代表一滴眼淚，剛好和她自十三歲起暗戀對方的時數相當。即便如此，她並非為了那個活生生、有血有肉的真人哭泣，而是從她讀過的上千本小說裡，把那些男主角形象融合而成的身影。那樣的形象一直存在她腦海中，和那個軍校學生混合在一起，她不知道他的本名，他喜歡什麼顏色，有什麼興趣，連他愛吃什麼都不知道，但她仍哀嘆想像中逝去的感情。

她為連認識對方的機會都沒有就消逝的愛情而哭泣，成日耽溺在孤獨夢境裡等待命運的羈絆，因此根本沒注意到，年輕的縣府職員從小學起就會在路口偷偷望著她，但現在卻成了每晚酗酒的人，這樣才能忘掉她睡個好覺。那個每天一臉害羞到她店裡買點心的年輕教師，轉身離去時眼裡總是噙著淚水。她沒發現店門口老是在出車禍，或是那個從人行道邊緣摔下去跌斷手臂的銀行職員，腳踏車騎著騎著就分心掉進水溝裡的工程師。甚至連西方觀光客都為她瘋狂，居民們只得把老外帶到廟裡澆聖水，一連十天每日五次，有個郵差還因為她而魂不守舍整天送錯地址，最後連工作都丟了。這些男人共同的命運就是都看見了那個讀過無數言情小說因而美麗綻放的女子，但她卻不知道如何停下每日的哀聲嘆氣。

查莉卡的甜點名聞遐邇，或許是因為那些言情小說，又或許是……因為努恩令人難以抗拒的性吸引力。曾經的保母後來變成家裡的廚娘，現在則在查莉卡的甜點店裡幫忙。努恩已是五個孩子的媽，有三個男人宣稱自己是爸爸，雖然完全無法整除。總之，有努恩的幫忙，讓查莉卡的黃金淚滴蛋黃球格外香甜，而店裡的千層糕還被讚譽為世界上最好吃的……甚至勝過傳承這樣手藝給她的努奶奶做出的版本。

那空猜西這幾年迅速轉變為觀光城市，街上滿滿都是來自曼谷的旅人，各個都是神色匆忙的模樣。而就連最常整天喊餓的孩子們都無法理解，這些曼谷人怎麼那麼會吃？城裡人會把眼前看到的所有東西都買走，然後埋頭苦幹似的狂吃，像是不知道什麼時候會飽一樣。查莉卡的生意因此十分興隆，甜點售罄的速度愈來愈快，原本店裡營業到傍晚五點，後來則到三點便打烊了。有時因為現貨全被包下來當伴手禮，她早上十點就會把店關起來。但她每天做的量依然不變，絲毫不願意增加產量，因為這樣，她才有時間在所有人都各自星散的黑暗屋裡獨自閱讀小說。

塔尼舅舅成了陌生人，整個人隨著他愈來愈長的旅程而從家裡淡出，有時他的旅行長達一年，但待在家的時間卻剩下短短幾天。他對骨董布料的著迷變得幾乎無法跟任何人解釋，只有見過的人可以瞭解。必須是光線從側邊照入時所看到的景象，僅限於日光燈發明前人類唯一知道的那種光源。因為裝在天花板上那些燈管，會將一切照得呆板、僵硬又蒼白，全部輾壓為扁平，就連人類也無法倖免。

僅需午後從窗戶照進黑暗房間的淡淡光影，或是黑夜中孤獨搖曳的燭火，就足以讓布料上所有顏色映照出各自獨特的深度。在紅色錦團間的粉紅會浮現出眾色澤，鏽橘色在青黑檀色上幻化為向晚的夕陽，金色的龍尾紋像火焰一樣熊熊燃燒……就像塔尼舅舅那日在骨董店裡看到的一樣。

但最吸引他的美麗不只是黯淡光線下映照出的千變萬化，還有數百萬條錯綜複雜的薄細絲線所交織出的旋律，相互纏繞宛如一首壯闊的交響曲。而最叫人耽溺的……是每件布料驚奇的來歷，不論那塊布僅有幾十年歷史或是編織於文明發軔之前。

式樣繁複的布料可以拆解為一句句咒語，有些布料是用消逝千年的河流底部泥沙染色，有些布料是在吟詠詩歌時織成，有些布料細密得連新生兒最純淨的淚水都無法滲透。有些布料讓惡魔不敢直視，有些布料讓人在荒涼的世界免於寒冷，而有些布料會將人緊緊裹住，帶領他們通往靈魂的國度。

有些母親將密語藏入布中，只有最受疼愛的女兒會被傳授解密之道。有些女子披在頭上的布料推著她們成為男人原本失去的另一半。有些男人只是將布巾披在肩上便成為天降勇士。有些布料能讓世間所有缺乏信仰的塵埃都化凡入聖，人類只要拿它碰一下額頭，不論尊卑貴賤都能在造物主面前平等共融。

河川不斷變色，魚群如落葉般浮沉，有機菜園再也不能免於農藥，塔尼舅舅把全副心力都放在骨董布料買賣上了。不知何時起，他發現自己早已陷入了不斷尋覓的漩渦，在無止境的流浪中離群漂泊。從燈火通明的大城市到地圖上找不到的聚落，從薩爾溫江到蘇利南河，從鐵木真尚未登基為汗王時滿溢鮮血的土地，到傳說中示巴女王領地所殘留的廢墟。

他曾經在巴塔哥尼亞高原的不知名山谷迷路月餘，也曾經在伊斯法罕的神祕香料市集裡為了令人著迷的香氣流連忘返。他在荒蕪的撒哈拉沙漠和剽悍藍衣民族的鹽商車隊共度近一年，也在塔爾沙漠喝下著粉紅衣裳的吉普賽女子提供的井水，雖然那水鹹得像淚，只讓人更感口渴。

有一次，他跟著貝都因人的智者遊蕩在魯卜哈利沙漠尋找消失的星系，又過了一陣子，他已身處興都庫什山脈的巨大迷宮，跟著聖戰士進入陽光不曾照耀的洞穴，置身鴉片氤氳之間。山東游牧民族後裔的長老，邀他一起吃下據說已絕種一世紀之久的牛仍跳動的心臟，而在伯利恆，他躲避的子彈源於既複雜又神聖的戰爭，這場衝突彷彿已命定將永恆不息。他和亞馬遜雨林裡未曾見於世人的族群踢過足球，也在香格里拉見證了……靈魂歸屬的神聖布料展延開來的魔幻時刻。

最後尋蹤變成了追逐，彷彿狂風一般將塔尼舅舅吹進深不可測的循環。他再也沒有時間停下來在午後撫摸那些布料，雖然織品在傍晚燭火的照映下，依然能看見色彩與光影共舞出復返原初的美景，但他已經無暇欣賞了。他轉而全心投入於旅行，身上帶著小筆記本，記下那些曾流傳於世卻將被遺忘的故事。他還帶了一個只計算價格不考慮價值的小算盤，好讓他能夠找到布料販賣，將攢來的錢作為旅費，踏上旅程尋找布料轉售，再將換得的金錢投入旅行……永無止境。

除此之外，塔尼舅舅每次返家都會有些微改變，於是他慢慢變成跟孩子們認識的舅舅完全不同的人。他臉上滿是虬髯，頭髮蓬亂，穿著古怪的異國服飾走來走去，有時是印度錫金邦式的無袖衫，有時是緬甸紗籠、長及地板的中東長衫、阿拉丁神燈精靈穿的那種燈籠褲。即使人在屋子裡，他也喜歡戴上那些奇形怪狀的帽子，不論是二戰時期日本軍人那種兩邊有骯髒翅膀的軍帽、墨西哥大草帽，或是蘇菲教派靈修人不停旋轉舞動時戴的圓柱帽。有的帽子邊緣寬闊還鑲有絲帶，有如西班牙貴族飾品，而他甚至還有一頂西藏喇嘛的馬鬃帽。

這還沒提到他全身上下那些稀奇古怪的飾品，凱爾特時代傳下的龍頭戒指、古代高棉的青銅耳環、蘇門答臘的銜尾蛇手環。土耳其的巨大眼型吊墜閃閃發光，圖阿雷格人奇絕的鏤空銀飾看起來宛如外星人的咒語。還有馬雅人的金蠍護身符、西雙版納的髮簪、祕魯的乾縮人頭、野豬牙、老虎爪、鹿角……

除此之外，塔尼舅舅的話愈來愈難懂，有時他一句話裡會混雜九種語言，有一次他還對查莉卡用了只有拜火教才會說的天語，那原本應該是消失了三千六百年的聲音。他還喜歡用奇怪的異國語言和鄰居打招呼，おはよう、Salâm、नमस्ते、السلام عليكم、ciao、你好，不跟人家好好說話還吠完就落跑[4]。有時則隨口一句bonjour……也不知道舉棍子做什麼[5]，偶爾才會想起身為泰國人應該說สวัสดี。

不僅如此，經常跨越時區的作息永久傷害了他的生理時鐘。塔尼舅舅的睡眠時間毫不固定，有時早上八點入睡，有時傍晚六點，有時甚至連續九天不睡，但過一陣子又像冬眠的熊一樣，毫無動靜連續酣睡二十七天。但最糟糕的是他從沙漠戰士那裡染上了不洗澡的習慣，讓家裡瀰漫著一股令人想吐的腥味，彷彿放太久的香料混合了腐爛水果與野獸體臭。查莉卡只好把裝了木炭的盆子放在家中各處，就算塔尼舅舅再度踏上旅途，這些盆子都還得繼續擺上好幾個星期才行。

幾乎消失的人不只是塔尼舅舅，查日雅也與家裡日漸疏遠。查莉卡根本不知道妹妹的近況，而且妹妹後來偶爾回到家那幾次，都會講一些令人不安的話，像是如果我死了姊姊妳會哭嗎？……不然就是，我下輩子還要當莉卡的妹妹，或者像是，姊

4 作者此處是開諧音玩笑，nǐ 跟 hǎo 在泰語裡聽起來分別是「逃跑」跟「吠叫」的意思

5 諧音玩笑，泰語口音法語近似 bongchu，舉起棍子則是 chu krabong。

妳覺得哪一種自殺方式比較好用……。這些話喚醒了查莉卡幾乎遺忘的陳年恐懼，但她不敢多問，只能多日守著電話，生怕妹妹又發生什麼不祥的事。

客廳早已被棄置，家門口的噴泉乾涸無水，只有表情陰鬱的水泥天鵝低著頭枯坐在裡面，雜草在很久以前就將周遭的迷你玫瑰吞噬得僅餘遺痕。屋子旁邊的芭蕉園成了一片野林，裡面住了一百八十隻形貌相似的樹蛙，牠們的足端都長成圓點，隻隻睜著渾圓可愛的大眼，相像得彷彿工廠製品。班耕耘過的菜園轉變為田鼠的大都會，查日雅努力尋找過的陀羅缽地遺跡從未被發現，已經深深埋在新鋪的柏油路底下，……永遠不見天日。

18 色盲畫家

查日雅住處的奢華午餐成了每週一的慣例，班總是在近午時抵達，替她洗菜、切東西，不然就是搗磨各式素材。他會看著她為了死去的洋蔥落淚，而她赤手抓製沙拉、用繁複手法為料理調味的技藝也讓他為之驚豔。她下廚的步驟井然有序，拈算分量時有如科學家做實驗時一樣計較，但姿態卻又舉重若輕，彷彿藝術家在繪畫。因為他們總是邊吃邊聊天，有時一頓飯會吃掉整個下午，*我們這樣很像那種超棒的義大利人吧*，查日雅邊說邊伸出手在半空中揮舞著。

即使總是滿滿的異國料理，但她出身小城鎮的飲食習慣依然不時會端上桌。酸辣海鮮湯的口味總是在變換，沒有規則，鮮少重複。有時她會放羅望子葉，有時是秋葵葉、木胡瓜或藤黃，端視園裡什麼正盛開，或是在市場裡找到什麼。奇特又千變萬化的酸辣滋味讓班不禁懷疑，這世界上究竟有什麼東西不能拿來做酸辣海鮮湯。而桌邊總會放一個大盤，裡面堆滿某種不知名的葉子，查日雅會在飯間時不時抓幾把放進嘴裡咀嚼，彷彿一隻長頸鹿。

吃完飯後他們會進屋裡躲太陽，躺在牡丹軟墊上聽音樂、讀書、玩桌遊、揉貓叔叔的頭讓牠生氣，然後一起把牠抓住揉肚子，聽牠發出喵喵喵的抗議。或者有時……如果查日雅不小心睡著，班會偷偷走進後面的浴室，聞著顏色繽紛的香水罐裡散發出的香氣，它們就擺放在有復古腳柱的浴缸旁邊。在他孤獨了許久以後，便幾乎沒再感受過這些屬於女人的氣息。傍晚時他們會再度來到屋前，啜飲順口的桑格利亞，或是跟季風一樣火熱潮濕的莫希托。他們各自拿著酒杯，看著最後一道陽光緩緩消失，然後在第一顆現身的星星閃爍的光芒下，用堅定的承諾道別……下次見。

週五晚上她跟朋友們依然固定前往The Bleeding Heart，三個女巫老樣子輪流哭泣，但查日雅再也沒有在班面前掉過眼淚。夜深時他會送她回家，他們會在那個十字路口佇足片刻，看著毫無形跡的空虛在空虛中移動，或是嘲笑那個邊哭邊叫自己的影子別再哭了的醉漢，有次他們甚至聽見了星星往潮濕路面眨出光芒的聲音。

她有空時也會在週間約他出去，到書店看書或是去看電影。有一次她帶他去歐洲影展，讓他拖著深夜工作後的身體連續在三個影廳裡睡睡醒醒，結果三部電影對他來說融合成一部。他只約略記得開頭有個孤兒，那個小男孩把自己比擬作被蘇聯科學家永遠棄置在太空中漂流的狗兒萊卡。但小男孩長大後成為知名情聖，可以安撫義大利宮廷裡所有貴族女子的寂寞芳心。但這位多情種子在結尾又變成色盲的知名畫家，可以靠著顏料上的名稱作畫。班心想這樣的電影也不算太糟糕，如果片長可以再短一點更好，畢竟現實生活中的一切也是這樣亂七八糟攪和在一起……難道不是嗎？

或者她也會帶他去探尋食材，到郊區的市場四處踅逛，添購乾木棉花蕊、黛、醃魚露、吉蘭丹魚醬或醃蝦米醬。有時則偷偷鑽進巴基斯坦地毯商的店後，央求對方賣給他們一種紫黑色粉末，它柔軟的氣味彷彿阿拉伯的風在雨後吹來。有一次她帶他走進耀華力唐人街的骯髒暗巷，厚著臉皮跟一個臭臉華裔阿婆買花生油。接著又走進另一條小巷，到一間隱匿在層層複雜巷弄裡的工廠買麵條，他們甚至得穿過三棟住家後又繞了好幾個彎，才終於看到氤氳煙霧正從敞開木門裡蒸騰而出。當那些白霧散去，他們才發現眼前有十多位男子正將麵團甩成細線，姿態生龍活虎，宛如人人體內都有少林寺僧侶的靈魂。

但他們週間的行程大多都沒有那麼值得驚喜，兩人常常只是找間味道有些寂寥的小店喝咖啡，熱烈談論一些言不及義的話題。或是坐一個多小時公車，只為了在闊因空大師筆下藍色薄霧中的大象前佇足看個幾分鐘。無處可去時他們會前往倫批尼公園，趁著陽光尚和煦躺在草地上，看著白雲在空無一物的蒼穹中緩緩浮現。原本朵朵潔白無瑕，接著又慢慢變成棉花糖一樣的可愛粉紅色，最後在廣袤暮色中漸漸飄遠。有次他看到一對鶴相伴飛過天際，是鶴欸，你有看到嗎……在那裡，查日雅小聲說道，就像我們兩個……在這個世界漫遊。有的時候，很多時候，他們只是穿梭過無數的陌生人，在夢想破滅的城市裡漫無目的遊走。啊……他心想，確實如此，我們兩個人，在這個世界漫遊。

在一邊拼著永遠拼不完的仙女座星系拼圖一邊等待天亮的漫長黑夜裡，班開始有些事情可以期待。他依然等到她起床時在遠方偷偷看著，對自己呢喃一句……嗨查麗，然後才去睡覺。但他開始會想望接下來的週五、週一甚至週間的日子將發生什麼事，想望……沒錯，帕拉東過世後他便很久都沒再有過這種念頭了。

星期一的菜單是匈牙利古拉什燉肉湯佐小豆蔻跟乾辣椒，吃起來軟嫩得像是要融化在嘴裡。還有一道風乾尖吻鱸，是先將魚肉切塊後放在太陽下曝晒一天，接著浸泡在橄欖油中，再撒上香氣逼人的羅勒葉。其他菜餚還有南亞香料抓飯、以色列塔布勒沙拉，甜點則是罐裝桃子淋上百香果醬和奶油，飯後還有搭配橙片和檸檬葉的大吉嶺茶解膩。

查日雅和往常一樣將餐桌擺在屋前，用餐時還放了巴卡洛夫的彌撒探戈給他聽，樂曲裡有他聽過內心最焦躁的上帝，他感覺置身阿根廷和耶穌一起吃最後的晚餐。接著他忍不住好奇，要是三個敵視彼此且總是在衝突的宗教不是誕生在貧瘠中東，而是色彩鮮豔又熱情如火的拉丁美洲，那世界會變成什麼樣子呢？就在這時，那堤走了進來。

我剛好經過，來人打了聲招呼，用一派輕鬆的模樣對查日雅露出笑容。她笑著回應，但什麼也沒說，幫那堤倒了水後便逕自走入廚房。我是班，班先跟對方自我介紹，他不太喜歡那堤拿起杯子喝水時小指伸出來的樣子，雖然彎起來沒有指著旁人，但班總覺得看起來有股莫名的造作。終於見到你了，我是那堤，查日雅跟我提過你。那堤說道，嘴角微微揚起，幾乎像是戲謔，但很快就恢復原狀。班告訴自己只是想太多了，沒什麼，但仍忍不住覺得對方似乎擺出某種居高臨下的姿態。不論是那堤的聲音、拉起褲管自在蹺起腳來的模樣，或是用眼角看人的目光。又或許是不遠處某隻瘋癲昆蟲的飛鳴聲讓班覺得煩躁，或是悶熱的天氣、刺眼的陽光……

查日雅從廚房裡拿了餐具出來，舀了一些食物給那堤，獻給上帝的探戈依然從室內傳來聲聲哀嘆。湯真好喝，妳應該要開店才對啊查日雅。那堤讚美道，伸手搓揉查日雅的手臂露出一臉愛憐。我要去哪裡變錢出來開店啦，我才賺多少錢，自己花就不夠用了，查日雅輕聲笑著，伸手將遮住眼前的頭髮撥到耳後，看起來有些害羞卻又很開心的樣子。熱風依舊吹撫著，那隻煩人的蟲子還在亂叫，班心想自己得趕快吃完離開了。

如果妳只是把錢留給自己用，不是整天揮霍在一些有的沒的人那裡，妳賺得很夠了啦。班愣了一下，接著低頭繼續吃東西，慢慢咀嚼著口中食物，但下顎不自覺愈來愈用力，臉頰邊開始浮出線條。他厭惡那種彷彿電視劇對白一樣話中帶刺的說話方式，還有那種半是調侃半是認真的口氣。這個魚是我自己做的，晒了……查日雅試圖轉變話題，但那堤還不肯打住。不只我們兩個喔，那個誰……喔對，班先生，你的查日雅啊，太迷人了，今天這個人來吃飯，改天又是另一個人來吃飯。最後一句彷彿語帶嘲諷，但班依然沒有抬頭，只是盯著盤子緊咬住下顎，甚至能聽見磨牙的聲音。

大家來這邊享用的是廚娘，不是美食喔，那堤大聲笑了出來，她跟火車一樣，都來不及切換軌……。畜生，閉嘴，班在腦袋裡怒吼，回過神來只見那堤已經倒在桌邊地上了，而班還在困惑自己是何時出手的。閉上你這個垃圾的髒嘴，她是我的，給我記好了，是我把她救活，不是為了讓你這種人渣羞辱著玩。洶湧的憤怒像浪潮般自遙遠的過去一波一波拍向班的胸口，河邊房子餐廳裡那張空蕩蕩的椅子，急診室外的長椅，一直以來啃噬、凌遲著他的巨大寂寞……全都從他以為早已遺忘的時間裡傾瀉而出。

沒有意識到自己正在做什麼，班一聲不吭，兀自往前走了幾步，只知道要再多給對方幾下才能感覺好受一點。但他並沒有如自己以為的有機會讓心情好轉，查日雅將他用力推倒在地，往他嘴巴重重打了一下，住手……班，不可以。她低沉的聲音語帶威脅，用力壓住他的胸口讓他呼吸困難，像貓一樣嚴厲瞪著他。接著查日雅緩緩起身，對他露出決絕的眼神，然後就轉身過去攙扶那堤站起來，眼裡已帶著淚光。

班驚慌逃離，烈日穿過葉叢灑落的光點宛如爆炸燃燒的星光，他跑過這些閃焰直奔形跡漫漶的石板路。但他在半路上停下腳步，只見紅火樹的花從樹上垂下來與朱纓花叢相互爭豔，美到讓他不得不佇足凝視。但他的目光必須穿過淚幕，穿過嘴角濃重的血腥味、在心中擴散開來的劇痛。他無法想像……無法想像會在這種時刻看到如此美麗的景象。

幾個小時後，紅火樹在晴空裡美麗綻放的畫面依然在班腦海裡揮之不去，但他回過神來便發現自己坐在查莉卡面前。他盯著牆上的唱片，卻什麼也看不進去，既痛苦又困惑……感覺到內心有某種軟弱的東西。他曾經孤獨面對這個世界，不管有多麼寂寞、匱乏和荒涼，他都能一個人挺過去。但此刻，他卻沒發現自己竟然在期待，甚至連在期待什麼也不知道，就陷入如此絕望的境地。同時他也感到憤怒，感覺遭受背叛，覺得無處可去，他連心中這些狂亂的思緒究竟是什麼也說不清楚。

查莉卡走過來坐在他身邊，用溫熱的濕毛巾擦拭他破裂的嘴角，一句話也沒說，就像之前每一次那樣……什麼也沒問。接著她慢慢鬆開他緊握的拳頭，輕輕攬住他的肩膀緩緩搖晃，給他最溫柔的安慰。她低頭在他耳邊說了一些話，聲音輕得宛如吐氣，於是又一次……時間停了下來。

原本他還深陷心中不知何處冒出來的虛無黑暗裡，班慢慢將頭靠向查莉卡的肩膀，一切變得緩慢綿長，他泫然欲泣。他想起她和查日雅同樣寂寞的眼神，想到他靠著的柔軟軀體裡，有和查日雅一樣的血液不斷奔流。當他抱住查莉卡……有些笨拙但是十足堅定，接著將他仍疼痛的嘴覆上那雙笑起來時和查日雅一樣寂寞的唇，想哭的感覺愈發強烈。

當他意識到自己崩塌陷落的心正引領著他，在查莉卡身體裡絕望尋找著查日雅，然後與她做愛，哭泣的衝動再也無法抑制。

19 風暴之眼

那日下午，塔尼舅舅走在青海某個寧靜小村莊裡的蜿蜒小路上，還不知道他即將獲得的下一匹布料會是他人生中最後一匹。

在塔尼舅舅尋找過的所有布料中，這條將近千年歷史的西藏哈達不僅最特別，也最具魔力。沒有人知道它是在什麼時代、由什麼人所編織，只知道它是在西藏古朝代流傳了好幾個世代的珍品，後來又輾轉在好幾位喇嘛手中守護了幾百年。直到中國占領西藏後，這條哈達便不翼而飛，傳聞說它在世界上流轉了好幾個國家，後來才被走私回故鄉。

它是一條用來圍在脖子上的小布，用喜馬拉雅的雪白絲線編織而成，下面藏著寫有末日預言的另外一層，但這層同樣潔白的絲線則來自秘魯。整條布浸泡過某種神祕藥水，人們相信是古波斯偉大化學家……賈比爾·伊本·哈揚所調製。在一般陽光下看它，各層只是相同的白色。但倘若在月圓之夜將它浸入神聖的湖中，預言就會映照在黑色的湖面上，那是反寫的天城文，必須用鏡子才能閱讀。

好幾年前，塔尼舅舅在安達盧西亞第一次聽到關於這條布的故事，而日後不管他走到哪裡，不論是羅馬、杜哈、馬拉喀什、耶路撒冷、洞里薩湖、佩特拉、納斯卡、加里曼丹、帕拉伊巴、下龍、薩馬拉、拉賈斯坦邦、拉薩、瓦拉納西、巴黎、武里南或占巴塞，都會聽到更多關於它的隻字片語，彷彿是那條布一直在找他。

當他即將抵達位於小村莊道路盡頭的骨董商家門口，塔尼舅舅遠遠見到一個女人。她正用溫柔目光看著他，他還來不及說什麼，那個皮膚散發夕陽彩霞般黃金光芒、和天女一樣美麗的女人便先開了口。那時他剛經受了十三日極盡稀薄的空氣、和冰塊一樣冷冽雪白的陽光、每天五次繞著湖泊吹襲的大風。隨著他一階一階走完足下階梯，他聽見她說，請跟我來……彷彿一直在那裡等著他似的。

塔尼舅舅之前從沒見過他等等要碰面的骨董商，也沒有提前跟任何人說過自己要去哪裡，他此行正在尋找某個據說知道那條哈達所在何處的年輕喇嘛，只是剛好在路上聽人談到有位骨董商十分傑出，便想說順路過來看看有沒有其他吸引人的布料。

風暴要來了，女人說道，奇怪了……塔尼舅舅抬頭看向萬里無雲的晴空，任何一絲風暴將至的跡象也沒有。但無論如何，他感覺到一股莫名的力量，只得默默跟著她走進屋內。

一離開外面刺眼的雪白亮光走進來，黑暗立刻讓他像盲人一樣，幾乎什麼都看不見，除了兩三個從天花板垂吊下來的銅鍋隱隱映照出鍋緣的線條，還有窗戶外頭遠方青翠的大山。他看見山腳下用大大小小的石頭堆出的嘛呢堆，一頭排到另一頭，上面寫著……唵　嘛呢　叭咪吽。這時不知從何處捲起一股土黃色的沙塵暴，眼看就要從山上席捲而下……就在他的面前。風暴既迅速又猛烈，彷彿不是由塵土聚合而成，而是內部有某種巨大的力量將一切炸裂為塵埃，整座村子似乎瞬間就要被沙塵給籠罩住。

他立刻衝過去幫女人關上門窗，整間屋子頓時陷入無垠黑暗，只聽得見砂土不斷刮磨外牆的巨響，以及屋內兩人走動時衣服的摩擦聲。他聞到一股茶香，以及某種淡淡香氣，他心想應該是前晚點過的乳香脂薰香。過沒多久，一炷微小燭火便在黑暗中燃起，她再度在他眼前現身，身影在火光中不斷晃動。她提著燈籠，領他走向一處木頭搭起的平臺，這塊比地板略高處的中央有一小堆爐火正燃燒著。

你今晚可能要在這裡躲避風暴了，我先生明天早上會回來。她的聲音疊在呼嘯風聲以及砂土刮磨外牆、屋頂的巨響上。塔尼舅舅很清楚這個地區的沙塵暴有多麼凶猛，他知道自己沒有選擇，只能點點頭，聲音含糊說了句謝謝。她沒再說什麼，起身倒了杯熱茶給他，接著坐在他對面開始料理食物。

溫度急降，外頭的強風從門和窗戶邊緣幾乎看不見的窄縫穿透進來，燈籠中燭火不時搖曳閃爍。塔尼舅舅安靜喝著茶沒再說話，只是偷偷看著她的影子在被風吹得搖晃不已的燈光中，在屋裡四處不斷舞動。乳脂香的香氣漸漸消失，取而代之的是爐火上滾燙蔬菜湯混合了香料的淡淡苦澀。

雖然沒有關聯，他卻想起了京都的寂寞小路，和那年夏天傍晚的鬱藍暮色。當時他每天晚上都會抓起一把椅子坐在店門口，看著來往的行人走過他記憶中那個女人的背影，她也是在那條路上走出他的生命。他突然意識到，一直在內心深處侵擾他，連他自己都不知道在枯等什麼的漫長等待……再不久就要結束了。

夜晚在風暴眼中的黑暗裡緩緩來臨，當塔尼舅舅躺在火爐旁邊，外頭狂風和砂土侵襲的吵雜聲仍未止息。他聽見房門慢慢打開的聲音。過一會兒他聽見她頭髮上串著的珠子相互撞擊的聲響，還有衣服布料的摩擦聲，但這次……非常緩慢。他感覺她愈來愈近、愈來愈近、愈來愈近，最後停在他面前。

直到他聽見夕陽彩霞般的肌膚在他身上溫柔舒展開來的聲音，塔尼舅舅才突然領悟，早在他出生以前，這個剎那便已存在於此，而且會一直在這兒，直到永恆。不是這一世就是某一世，他會經過這裡，尋找一條沒人知道究竟是否真實存在的布。他會為了和一個素未謀面的男人碰面繞進這個村莊，在風暴侵襲的午後，被困在沙土瘋狂捲起的汪洋與茶香中，然後像這樣在黑暗中墜入她的懷抱……無法迴避。就算這一刻過去了，即便他能重新倒轉光陰，此地、此時，依然會有他和她倒在彼此懷抱裡，沒有其他可能。

他慢慢睜開眼睛，看著她烏黑的長髮垂到他面前，彷彿黑暗在黑暗中閃閃發亮。一切都被阻隔在涼冷的黑色後面，不論是風的呼嘯、整個世界、他經歷過的所有人生，甚至是時間。彷彿他在很久很久以前，便已認識這個他連名字都不知道的女子，塔尼舅舅將她的呼吸緩緩吸入胸中，漸次沉入愛情的主宰……或許是愛情，如果不是其他更巨大的東西。

黎明前最黑暗的時刻，風暴平息了，只剩下微風的輕輕聲響，偶爾有另一顆星球的砂礫夾帶在風裡。女人在籠罩住他內心的黑暗中用氣音說著話時，塔尼舅舅一直醒著。某一世，她沉默半晌，在另一世，有個男人在戰爭中不小心殺了一個男孩，內疚讓他踏上永無止境的旅程，只為了在往後每個來世中尋找那個男孩，償還自己欠下的命債。那個被殺害的男孩也一樣，和無止境的等待綁在一起，等著那個男人回來以命償還，微風徐徐吹著，這就是我們的故事……

塔尼舅舅緩緩瞇起眼睛，仍能看見她的影子在搖曳燈光下滿室裡舞動。對於女人所說的故事、過於平淡的超現實，或是他原本誤信為愛情的舉動背後暗藏的骯髒與野蠻，他很訝異自己竟不覺得訝異。他內心十分平靜，或說得更準確一點，被平靜下來……基於某種他無法理解的原因。等我老公明天早上回來，他會殺了你。

周遭一片靜默，沙塵逐漸從天上緩緩落下，彷彿砂礫漸漸沉澱在河床底下靜止不動。他第一次將所有事物都看得如此清楚，他短暫擁有過的脆弱愛情，逃離對他的愛轉身前往世界盡頭的女人，香欖樹落花如雨絲般傾瀉的暮景，龍尾紋在稀微光線下燃起的焰火，他自己也不知道究竟在尋找什麼的漫長旅程。烏鴉在漸漸淡入的月色中振翅歸巢，他跟妹妹躺在媽媽大腿上……在無常的河流上載浮載沉。

轟隆爆炸聲響起，一陣閃焰瞬間消逝，白色煙霧彷彿雲團懸滯在黑暗中……沒有動靜，他沒有在下一秒聽見任何聲音，陷入瞬間失聰，一切靜默。在漆黑寂靜中，有人從雲團後跑了出來，他扣下扳機……不不不，他不確定，他不確定自己究竟有沒有開槍或是打到了什麼。他聽不見，某個人停在那裡，彷彿被射出的子彈釘在原地。遠方又是一陣閃光，眼前的人穿著軍服，沒錯，而且手上拿著槍，在黑暗中，還有那些雲團，還有……該死，那只是個男孩，臉龐仍如女孩般稚嫩，但此刻滿面蒼白，猶自困惑，彷彿不能理解胸口湧出的鮮血來自哪裡。男孩開了口……不，他聽不見，他仍是聾的，不不不……男孩沒有說話，沒有移動，沒有倒下，只是站在那裡看著他，就那樣看著他……在永恆裡。

在那詭異的一刻，還來不及反應，塔尼舅舅便往後看見他旅途告終的那天。萬里晴空下明媚的陽光柔軟擁抱大地，他和她的孩子即將誕生，那個男孩有雙溫柔的眼睛。這個小村莊會在冬日荒廢，沙塵暴在某天夜裡將它徹底掩埋。三個最相愛的孩子會在日後傷害彼此，一切無法避免。還有他生命終點那天逐漸淡去的月相，所有事情都注定好了……所有事情，而他一點也不覺得苦澀，一點也不。

砂礫如水流般從屋頂滑落，當她把那個吊飾掛到塔尼舅舅脖子上時，最後一顆星星正要從天空中消失。那是用銀線相互交纏製成的飾品，看上去猶如無限符號，但是複雜交疊了好幾層。這是盤長結，這種繩結沒有起點跟終點，這些來回交纏象徵生命的循環。這個世界的生命和靈魂世界的生命交織在一起，就是輪迴。輪迴線之間的這些縫隙，就是空，就是無住……

第一道陽光明亮映照在那雙溫柔的眼裡，她伸手輕輕撫摸過他的額頭、眼皮、嘴唇、臉頰，接著握住他的手貼在自己胸前，塔尼舅舅也將她的手握住放在自己胸前。他傾身將額頭貼在她額上良久，原諒我，他闔眼低語，我原諒你，她答道。不論是此前或是往後的生命裡，塔尼舅舅再也不曾像此刻般徹底感受到空無。

走吧，在我先生回來以前。願你離去後純淨如同來時。塔尼舅舅最後一次看進那雙瞳孔，將它們記憶在靈魂深處後轉身離開。阿尼爾……她在身後輕聲說道，塔尼舅舅停下腳步，我會給孩子這個名字，這是她跟他道別的最後一句話。阿尼爾……他知道這個梵文字，意思是風，然後想起某個他不曾有過的兒子，那個男孩的名字也代表風。塔尼舅舅微笑點點頭，接著繼續往前走了出去，再也沒有回頭。

徒步走了兩天後，塔尼舅舅看見了雲霧繚繞的山巔上，那座建在懸崖邊的古剎，他又花了五天時間攀爬過崎嶇蜿蜒的小徑才終於抵達。微風徐徐吹來，明媚的陽光柔軟擁抱大地，他接過此生最後一塊布料。那不是最初引領他萬里跋涉到擁有十三座湖泊的土地，寫有末日預言的那條哈達，而是一件鳥血紅的袈裟。他穿在緊貼心口的空無象徵上，終身都沒再褪下。

塔尼舅舅在那之後便沒再離開過，直到他三十一年後死在逐漸淡去的月光下，一如他那天夜裡所見，……在風暴的眼裡。

20 淚水國度的雙生兒

班，對不起。心會流血的酒吧，店後小巷有一股刺鼻焦味，弦月的光澤看起來很潮濕。班只能看著地面低頭不語，過了一會兒才抬起頭來，但仍雙眼無神看向別處，我不是故意的。她喜歡佇足觀看號誌變色的那個十字路口，從遠處可見燈號仍依稀閃爍，還有許多車輛在等待信號，夜晚還要很久才會結束。對不起，班，查日雅又說了一次，他不經意瞥向她的眼睛，那是跟從前水燈在河上翻覆時一樣悲傷逾恆的目光。

算了吧查麗，我沒事，他說，依然迴避她的視線，你的嘴巴還痛嗎……她伸出指尖輕輕碰觸他嘴角的裂口。班轉頭避開，胸中一陣疼痛翻攪，不知道該怎麼跟她說自己仍然很痛，不是嘴巴，而是更深的地方。他沒說出自己有多痛，他因為疼痛而做了什麼，他沒跟她說有那麼一瞬間他忘了自己是誰。他沒有說自己有多麼孤獨，咬牙走過什麼樣的人生，經歷過多少事情，才那般凌亂草率的……發現有人願意陪在他身邊。

他沒有跟她說，他如何在難以忍受的荒涼與絕望中動身尋找她，在陳舊回憶裡漫無目的遊走，崩倒進他不應碰觸的溫熱懷抱，他徘徊在他深知不應經過的地方，只發現她不在那裡。他沒有說他只是好想哭，沒有說他只是無處可去，沒有說他跟查莉卡的事，他沒說他也一樣，不是故意要讓一切變成這樣。

查日雅依然每週五晚上和朋友們來到酒吧，而他仍然像之前一樣送她回家，只是安靜跟在她身旁，幾乎一句話也不說。她看起來很寂寞，卻沒多說什麼，他也沒有問，他不想知道。即便如此，他每天早上還是坐在原位，看著她將貓抱起，看著她蹲在地上清除入侵的香附子、種植這株修剪那株、逐棵與它們輕聲低語，在茶色陽光下讀書。

他在拼那塊永遠無法完成的仙女座星系圖時，依然會想起他們共度的午後時光裡那些無甚可記的微小細節。某些週一午後平凡無奇的瑣事，某些週五深夜聊過的話題，一起看過的電影、聽過的音樂，那些週間的日子，全都漸漸成為過去。有些日子裡……他會在一天結束後步履蹣跚走出去，在經過的人臉上尋找記憶裡如日蝕邊環般明亮的笑容。有些晚上……他會倒在房間地板上，將有唇印的面紙，放在和查日雅有裂縫的眼睛同一側的眼眸上，用剩下那隻眼睛看著黑暗中的天花板。然後他才能騙自己，看見紅火樹綻放的那個星期一從來沒有發生過。

當她再度邀他週一去吃飯，班只是淡淡回覆沒空，查日雅沒有追問，彷彿默默接受了阻擋在兩人之間，和霧幕一樣升起的疏遠。而他也沒有說，他已經把週一留給了查莉卡……

為了有時間和他共度，查莉卡每週一都掛起店休一日的牌子。班會在清晨搭首班車抵達河邊的房子，過夜後待到隔天近午，有時甚至待到午後。他們會一起吃簡單的家常菜，不像查日雅的異國料理那麼奢華，然後坐在客廳裡聊各種言不及義的話題，那是他大半輩子一直期待能復返的情景。之後他會睡個無夢的午覺，傍晚再一起去河上划船，漂蕩在他時刻念想的河流氣息中。他會倒在查莉卡的懷抱裡，於河流各處拾掇回憶的細屑碎片，在他陰黯內心裡重建。

我剛在電話裡跟查麗講了塔尼舅舅出家的事，然後也跟她說了……我們的事，查莉卡幽幽說著，她好像沒有很意外，班。他低頭不語。但她可能早就知道了吧，查莉卡笑著，你知道嗎，我們姊妹啊，跟雙胞胎一樣有心電感應喔，我們從小就不用說話也能明白對方的想法。而且小的時候，我們還喜歡假裝是真的雙胞胎，偷彭阿姨的紗籠把我們圍在一起，班你還記得彭阿姨嗎……班點點頭，但他並不記得彭阿姨。我們還會拿皮帶把我們緊緊綁在一起，像連體嬰恩昌兄弟一樣，在房子裡搖搖晃晃走來走去。查莉卡發出清脆笑聲，班想像那幅畫面也忍不住跟著笑了出來。

剩下塔尼舅舅還不知道，他在信裡沒有寫哪一間寺廟，也沒有寫地址，不知道要怎麼聯絡他。她沉默半晌，大概是不想被打擾吧，他看起來是下定決心不會還俗了。查莉卡紅了眼睛，班輕輕搓揉她手臂安慰，她抿著嘴點點頭。話說回來，舅舅已經給我們很多了，我只是很想他而已。如果舅舅在，他看到你回來照顧我們一定會很高興……就像從前。

如同她看待那個早已不是軍校學生的軍官一樣，查莉卡眼中的班是另一個世界裡的班，不是真實世界裡有血有肉的班。她眼中的班是由數百萬部言情小說的男主角形象交織而成，即便他其實與任何電影或小說的男主角毫無相似之處。班或許很溫柔，但也只有對她和查日雅如此。他隨和但絕不討好，他只是憑感覺做事，但幾乎對世事無有所感。而且他甚至也不怎麼重視自己的感覺，因為那只會讓他在這個一切都不如他所願的世界裡更感苦澀。班不會甜言蜜語，心思毫不細膩，不曾輕易動搖，沒有著迷過什麼，沒有夢想，沒有令人印象深刻的故事可以述說，沒說過愛她。

但查莉卡也沒問過，她從不要求，也不需要聽到什麼。她不只擁有女主角般的美麗，隨著時間流逝，她成為女主角的典型本身。她不索求，不吵不鬧，低調自持，平靜謙和。不論愛或不愛，班每週一都會來找她，每週有一個晚上，她能看著他睡在夢裡直到天亮，有他在身邊讓查莉卡每週有一天能感覺到幸福。相較於孤獨守在家裡的日子，這樣已經過於足夠。

雖然班現在依然過得渾渾噩噩，但查莉卡覺得他會漸漸改變，男主角在小說開頭和結尾也像變了個人一樣不是嗎？等年歲漸長，他總有一天會想定下來，到時候就會決定搬回來，在這裡找點事做。他現在只是還年輕，還覺得手邊的工作很有趣，還想做音樂，還想繼續過一樣的生活。

她的長輩剩下出家不問世事的塔尼舅舅了，但如果舅舅在的話應該也不會反對，而鄰居們早已對這個從主人到傭人都很古怪的家庭不屑一顧，連說閒話的興趣也沒有。大家都說現在是那個，全球化時代，明星、歌手的私事大概也只有一天的討論價值，誰有時間在乎像她這樣的甜點店老闆呢。雖然同居不結婚看起來有些太新潮，但在現代社會也不算什麼大事，她也不覺得需要辦什麼浪費錢又大費周章的婚禮，登記結婚更無法代表任何堅定羈絆，看她爸媽就知道了。而且查莉卡從小就認識班，他不是什麼渣男，更何況小說裡的男女主角們都是以心相許，只是……

班，我想要孩子。媽媽的老香欖樹下，兩人坐在長凳上，班盯著傍晚的河面沒有回答。班你不用一直待在我身邊沒關係，但我想要孩子／我會一直待在你身邊，班說道，但孩子這種事……我不知道／我懂／不，莉卡，妳不懂，他知道她不懂。我不知道我有沒有辦法照顧孩子，莉卡，光是妳我就……／你知道我可以照顧自己，班，孩子……我也顧得來，店裡生意很好，而且還有地租。

班沉默，他想的不是那些事，與錢無關。他從未真的擁有過任何親人，查莉卡和查日雅也是，沒錯……他們是長大了，但看看他們變成什麼樣子，永遠的孤兒，在各自寂寞的世界裡孤獨、疏離、怪異、迷失，還有心裡那些永遠填不滿的空洞，讓他們的心靈荒涼終身無法痊癒。讓我想想，給我一點時間，班懇求道，他只是沒有任何東西能給予別人，他知道，再清楚不過。

而查日雅確實和查莉卡說的一樣不感到意外。你應該親口跟我說才對，班／什麼事……／我姊啊……你跟莉卡。班愣住，馬路上人車俱無，交通號誌寂寞閃爍，安靜指揮著穿梭在靜默中的靜默。我們一起長大，我不是外人，莉卡是我姊姊，你也像是我哥哥。他依然沒有開口，你這樣好像把我當外人一樣，她露出內心苦澀的模樣，班還是沒有回答，他不知道該怎麼回答。

但無所謂，這本來就沒有必要，她沒有必要理解他，他也沒有必要解釋無法解釋的事，他完全不需要再做無謂的努力了。這只不過是他和查日雅之間有許多事情說不清楚的某個週五晚上，班也不知道那些事情是什麼，又是從哪裡冒出來。但那些事情讓週五夜晚愈來愈乏味，變成查日雅回到他生命裡以前的樣子。

只不過是這樣的週五夜晚，就像查日雅站在黑暗裡凝望著他，周遭突然閃過一絲光亮，但旋即又陷入黑暗，接著又再度亮起，黑暗裡持續不斷閃爍著一點點光，就像指揮著整片荒涼的那具交通號誌一樣。而每一次……當查日雅再度現身在他眼裡，她都會一次比一次離他更遠，一步一步、一步一步，直到永遠消失，……消失在他生命裡恆常存在的那片空虛黑暗裡。

21 嬰兒種子

努恩姊，妳分得出孩子的爸爸是誰嗎……查莉卡幽幽問道，努恩的五個孩子則在遠處幫忙裁剪、洗淨隔天要用來包甜點的芭蕉葉。每個孩子的樣貌、膚色都大相逕庭，年紀從十七歲跨到六歲，能夠確認他們是兄弟姊妹的只有跟努恩相同的燦爛笑臉，那是他們共同繼承的遺產。

怎麼會分不出來呢莉卡小姐，每個媽媽都分得出來／那你有跟孩子的爸爸說哪個是誰的嗎……／沒說過啊／噢喔，為什麼……／當爸爸的又沒問過，那跟他們說幹麼啊莉卡小姐？孩子們每個爸爸都愛，爸爸也都疼愛每個孩子。哪個孩子是誰的……要知道那些只會添亂的事情幹麼呢？像清澈池塘的眼睛看著前方。

莉卡小姐妳知道嗎，我外婆跟我說過，她說孩子啊，不是男人的喔。這是真的，孩子啊……比較像種子，從女孩子出生之後，就像小小的種子一樣待在我們肚子裡面。查莉卡笑了出來。等到我們愛上某個男人，而他也愛我們，我們就會做夢／

什麼夢……／就是想跟他在一起，結婚啊什麼的，時間久了之後，那種夢啊莉卡小姐，就會讓那些種子開始發芽，在我們肚子裡變成孩子。

喔咿，妳太誇張了努恩姊，說得好像女生跟石榴一樣裡面一顆一顆的，查莉卡大笑出聲，微傾著頭看著努恩，眼裡是藏不住的喜愛之情。對她而言，努恩既是大姊姊也是朋友，甚至幾乎是她們姊妹倆從未擁有過的母親，而她和查日雅也同樣是努恩欠缺的家人。努恩在查莉卡出生之前就來到這個家，當時還只是女孩，而且那是她飄零過大半個國家之後的事了……

努恩跟普通鄉下小孩一樣度過平凡無奇的童年，直到她十二歲時，家族裡的人開始陸續死去。首先是她伯伯死於由欲望而生的惡疾，接著是她叔叔因為原因不明的怪病倒下，他的骨頭全都迅速腐爛融化，屍體在抬進棺材時早已像顆舊枕頭一樣癱軟。叔叔的葬禮還沒辦完，努恩的爸爸便在睡夢中迷了路，找不到回來的方向，跟著加入了死亡的行列。

村裡長老們開過會後立刻得出結論，所有人一致認為這是寄生鬼在作祟，這種邪靈附在人身上時沒人看得出來，只要跑進誰家裡，就會把整個家族的人都弄死才罷休。它會先對男人下手，之後就輪到剩下的女人了。努恩的媽媽嚇得立刻帶著一對小兄妹游過湄公河到柬埔寨，找當地的師傅幫忙刺上符文抵抗寄生鬼。那是一種古老又巨大的深藍高棉文字，從手肘內側綿延到手腕，當手臂的尺寸隨努恩長大而改變了之後，那些文字遂漫漶模糊，卻仍埋在她皮膚底下……浮浮一層沒帶給她任何幫助，只讓她想起針落下時的疼痛，以及她無法逃避的命運。

而且那些刺青也沒有減少母親的恐懼，尤其住在隔壁的老爺爺某天講了一句話後，更是火上加油不可收拾。他說那些刺青是古高棉文，三千年前就廢棄沒人用了，我們這裡的寄生鬼看不懂啦，它們才不會怕，說完便搖搖頭走開了。由於努恩的媽害怕寄生鬼看不懂古高棉文將無所畏懼，依然會像帶走她丈夫一樣偷偷在她兒子睡夢中把人帶走，於是她開始不斷喚醒兒子，不讓他睡超過一個小時。心想這樣兒子就算在夢中漫遊也不可能走得太遠，不至於來不及找到路回來。但如此睡不飽、夢不滿的狀態持續幾天後……她兒子終於承受不住，在游泳時不小心睡著了。他睡得很沉，夢見自己在睡夢中夢見自己在睡夢中，醒來時還在第二層夢裡，來不及踏上歸程，最後在水深僅及胸口的池塘裡溺斃。

努恩的媽媽在深夜時夢見丈夫和兒子來找她，兩人都面色紅潤、神清氣爽，她無法想像這兩個生前自私又任性的人會在前往來世的路上特別回來看她，於是她只能揣測他們根本是要來把她一起帶走。媽媽醒來後沒等到天亮便趕緊叫醒努恩，心想就算村子外的生活艱險未明，還是得咬牙逃出去。兩人在昏暗光線下匆忙收拾行李，家裡幾乎破爛不堪的電線迴路讓燈泡忽明忽暗，唯一會修的人都死光了。突然一道風吹來……媽媽轉頭看了過去，她霎時忘了自己的影子在眾多影子之間移動時的樣子，她嚇得跳了起來，無意間絆到自己的腳。牆上的光影不安祟動著，努恩衝上前去想抓住媽媽的手臂，但就在攸關生死的瞬間……周遭偏偏徹底陷入黑暗。影子像是見大事不妙紛紛簇擁過來，彷彿要伸手助一臂之力，卻只讓努恩眼前一黑算不清距離，只抓到滿手空氣。媽媽從高腳屋摔了下去跌斷脖子，死在影子的懷抱裡。

親戚們都十分震驚，沒有人要收養這個孤兒，害怕努恩會把寄生鬼帶進家裡作孽。由於不知道該怎麼安置她才好，眾人索性將她交給住在穆達漢府那邊一無所知的遠房親戚，心想寄生鬼或許會跟過去改吃那裡的人。那之後村子裡再也沒有人死去，幾十年過去後只剩下跛行的老人在村裡漫步，反而日夜都無人敢靠近，因為謠傳村子裡出現新品種的寄生鬼……長生不死。

努恩到穆達漢不久，照顧她的遠房伯母就失業了，於是把努恩送到呵叻的熟人那邊當洗碗工。但很快呵叻的阿姨就發現老公常常對努恩擠眉弄眼，因此決定斬草除根，將努恩送到叻武里的友人那裡一起在菜園工作。但叻武里的叔叔沒多久就突然毫無理由對努恩感到厭煩，將她趕去那空猜西的姊姊身邊。可是那位原本在橘子園打工的阿姨剛好在曼谷找到新工作，對新生活同樣不熟悉的她根本無力照顧孩子，於是將努恩又託給熟人照顧。經歷過十八次熟人託付給熟人的旅程後，努恩被帶去找廚娘彭阿姨，當時兩姊妹的媽媽還懷著查莉卡，剛好在尋找能夠分擔勞務的保母。孩子照顧孩子……這樣行得通嗎，媽媽邊說邊看著瘦得皮包骨的努恩，基於憐憫便接納了她。

皮膚黝黑，聲音跟名字一樣柔軟，眼神清澈得像池塘……努恩在查莉卡出生時還不滿十四歲，已經流浪了大半個國家。她害怕自己會變成徹底無家可歸的人，也怕會跟媽媽一樣因為逃離自己的影子而死……努恩下定決心，絕對不要逃離命運，要接納所有進入她生命裡的事情，這也包括了同時接近她的那三個男人。

我的愛人唷～再靠近一點點～愛人啊～走向我……正埋首採集山陀兒果的三個年輕人抬起頭來，尋找是誰正用溫柔的聲音哼唱彭普萬的歌曲。只見努恩抱著小查莉卡咯吱笑著走過身旁……彷彿慢動作一般，河面將燦爛的陽光映射進園子裡，璀璨的光芒讓眼前光景彷彿夢境。三個人全都定在原地，在一瞬間同時墜入愛河。

三人抽籤決定輪流接近努恩的次序，說好誰先讓努恩傾心便可以將她據為己有。在努力矜持過後，她最後還是心軟首先倒入阿邦的懷中。但因為她很在乎每個人的感受，所以要他守口如瓶，以免傷害阿饒跟阿潘。可是她後來也對阿饒動心，於是也叫他對阿邦跟阿潘守密，好照顧兩人的心情。最後她對阿潘深感同情，怕他會因為比不上朋友而難過，所以也對阿潘敞開了心房……

每個人都有份了之後，在他們感受到彼此身上多出的溫度之前，在祕密揭露之前，三人早已愛她愛得無法自拔，因為那是如此的滑順……努恩的愛。他們的友情建立在山陀兒採集工作和對同一個女人的愛，即便三個男孩曾試圖讓路給彼此，但無論如何都無法壓抑情感，也沒有人能抗拒努恩真摯、無條件的愛。每天工作結束後他們會在返家路上各自解散，但都會輪流再回頭跟努恩碰面。

而在如此擁擠的熱戀之中，努恩也一直緊緊維繫住三人的友情。阿饒哥的媽媽昨天剛過世，但他沒有錢辦葬禮，好可憐啊，努恩一臉悲傷抿著嘴，阿邦跟阿潘便託她將治喪的錢交給阿饒。阿邦哥騎車摔斷手臂了，現在都沒辦法工作，也不知道有沒有錢吃飯，我好擔心，努恩開口商量，阿饒跟阿潘便將一些乾糧和錢交給她以維持阿邦的生計。阿潘哥失業了，家裡也需要他接濟，他壓力一定很大，努恩陰鬱說著，阿饒跟阿邦便託了一點錢給她，同時四處奔走替阿潘找替代工作。就這樣一次又一次，用這種方式撫慰他們深愛的女人。三個男人即使沒在來往了依然繼續照顧彼此，等阿邦、阿饒、阿潘回過神來，才發現他們已在不知不覺間成了可以為彼此而死的至交。

說來有點悲傷，努恩因為逃避寄生鬼的侵擾而失學，沒有任何讀寫能力，但即便如此，無常的人生教會她不要期待任何事情。努恩不僅用無親無故之人方能付出的愛公平滿足三個男人，她也能看出三人各自的長處，通盤接納且予以尊重，不論是阿饒的博愛、阿邦的智慧，或是阿潘在床上過人的精力。如果把這些條件加起來，一個女人縱使有再多學位和金錢，都很難找到這樣的丈夫……沒有任何男人能囊括這些特質。

因此，努恩和三位丈夫、五個孩子以及十二個孫子，就這樣不慌不忙，緩慢度過他們的人生，沒有人在過程中感受到任何一絲匱乏與不滿。

話說回來，孩子的爸妳每個都愛嗎努恩姊……／對啊／愛得一樣多嗎……／對啊，每個人都平等喔。

22 沉沒的心

班從來就不明白，為什麼他跟查日雅能夠花那麼多時間，站在那個十字路口，靜靜看著空虛以空虛的姿態穿梭在空虛中。這只是昭披耶河邊一個地圖上幾乎找不太出來的路口，當城裡其他地方還有車輛奔馳，這裡卻已是空蕩荒涼、闃寂無聲。路口轉彎處有三棟排列成弧形的老房子，外觀貼近維多利亞時代的建築風格，除此之外這裡再無其他特別之處。

他們跟往常一樣站著等待號誌變色，這已成了他們週五晚上的慣例，一輛車也停在他們眼前準備通行。還沒等到兩人一起往前邁步，查日雅一看到燈號變換便立刻衝出去擋在迅速向前行駛的車輛前面，駕駛趕緊用盡全力轉動方向盤避開，車子閃過查日雅時讓她失去重心摔倒在路上。

想死去別的地方死啦！臭婊子！駕駛穩住車子後開門看了一眼，氣得破口大罵。那人看起來年紀很小，而且似乎喝了不少酒，連從座椅上站起來都很困難。快滾啦賤人！少來給我添麻煩！年輕駕駛邊罵邊瞥見班跑向倒地的女人。把你馬子管好啦！鬧什麼彆扭啊跑到大街上亂！罵完又補了幾句髒話作結。班揮了揮手同時低頭略表歉意，餘怒未消的駕駛用力甩上車門，隨即重踩油門加速離去，查日雅坐在看不見的叉號上開始大哭。

班扶住她的腰協助她起身後，將她攙扶回人行道上周身查看了一下，妳有沒有哪裡受傷……／我不想活了班，她大哭道。還沒等到班回答什麼，查日雅立刻甩開他的手臂迅速往前衝去……彷彿前方只是一團空氣。但並非如此，她用力撞上街邊的牆壁，接著倒退兩三步後跌坐在地上啜泣了起來。班呆立原地，一時間不知道該做何反應，等回過神來才趕緊上前再度將她攙扶起來。唉查麗，他只說得出這句話，查麗，查麗。

查日雅沒有回應，兀自流著眼淚，河流吹來的風無聲穿過黑暗，一切恢復寂靜，只聽得見她眼淚輕輕滴落的聲音，淚水映射著遠方的星光。班牽著她，沿路都緊緊握住她的手，帶她滴著眼淚走回家。他一句話都不敢說，他氣自己只顧著在乎自身有多痛多絕望，從來沒有好好關心過她，沒想過要問她過得好不好、有沒有遇到什麼麻煩、是誰害她變成這個樣子。黑暗的恐懼湧上心頭……一波一波襲來，波濤翻湧……

花園裡跟上次一樣有股令人不悅的氣息，而且某種悲傷的氣味甚至瀰漫到馬路上，睡在公車站牌下的流浪漢因而情緒失控，起身張大嘴巴痛哭了起來，臉上凌亂滑落的淚水宛如流星雨風暴。在那棟黃色屋子門口，班又一次站在查日雅面前悵然無語，他跟上次一樣手足無措，而她沒有如他期望的留他作伴。她身後的影子跟之前一樣不停閃爍，只是沒看到白色的蝴蝶翩翩飛舞。

班，謝謝你，她說得簡潔，他知道她要他離開，這樣她才能躺下來大哭一場。但班動也不動，查日雅平靜看了他半晌，接著慢慢將門關上。他伸手將門又輕輕推開，你先回去吧班，查日雅小聲道，剛剛衝去撞牆的痕跡在額頭上泛起紅暈。班很害怕，他的心臟跳得太厲害了，他沒辦法就這樣丟下她獨自一人。她還來不及多說什麼，他便走上前擋在門中央讓她沒辦法關上，牆上的影子閃爍得愈來愈快、愈來愈快、愈來愈快……

見他沉默不走，查日雅聲音變得憤怒，走……你快走！說完將門用力甩在他臉上後就跑進臥室裡。班用雙手撞開門，跟在她後面追了上去，她往他臉上再次甩上另一道門，班自喉間低吼，同時將門踹開……這次出了全力。他停在原地沉默站著，一隻腳將門抵在牆上不讓它關起來。

查日雅站在房間裡喘著氣，用貓在發怒似的嚴厲目光瞪著他，跟紅火樹盛開那天一樣。查日雅再次憤怒大吼，生活背叛了我！說完用力推了他一把，班往後踉蹌了兩三步，感覺十分疼痛，但還是咬牙往前走向對方。她發狂似的尖叫著，又用力推了他一次，生活背叛了我！你聽到了嗎！生活背叛了我！她推了他第三次後，班將她抱住，生活背叛了我！你聽不懂嗎……

他怎麼會不懂，怎麼可能不懂，但不是像這樣。查麗不要，不要這樣，不要。查日雅氣得不斷掙扎亂動，尖叫著要掙脫他的懷抱，但班只是將她抱得更緊。她對他又踢又打、又捶又踹，仍然使勁掙扎著，然後又一次……生活背叛了我！生活背叛了我！就這樣不斷喊著「生活背叛了我」直到精疲力盡，只能在他懷抱裡流淚。她的身體軟了下來，兀自啜泣不已，班將她慢慢放在地板的床墊上，讓她如願大哭一場，但她現在可以倒在他胸口上哭。

深藍色的房間裡沒有其他家具或物品，只有相同顏色的床墊，其中一面牆上用深黑色畫出了樹的輪廓，枝幹蔓延整個牆面，正隨著她的每滴眼淚一片片落下葉來。另外三面牆空無一物，只約略可見從外頭映入房內的灰色樹影……正被風吹得不斷搖曳、相互交疊。淺藍色的窗簾從天花板懸掛及地，也正隨風輕輕擺盪著，窗外飄來淡淡的依蘭香氣，還有老鴉煙筒花薄霧般的味道。琥珀色的貓低著頭蹲坐在敞開的臥室門口，牠背後是堆滿世上所有物品的房間，黑色貓影疊在掛飾琳琅滿目的牆上。看不見的蝴蝶停了下來，不再將光影拍得閃爍不停，只有細長的黑色貓影沿著地板延伸進房間裡。

班任由長夜緩緩爬行，淚水滑落的聲音滴進他心裡，「生活背叛了我」這句話依然在他思緒裡迴盪。有人沒被生活背叛過嗎查麗？為什麼妳會覺得我不懂呢？妳不知道我經歷過怎樣的日子，生在別人破爛的世界裡，從惡夢裡醒來……卻只發現身處另一個更可怕的惡夢。咬牙撐過一天又一天蹩腳的人生，也不知道究竟是為了什麼，流連在陌生人的懷抱裡，在不該遊蕩的地方徘徊，只為了能暫時把自己忘掉，妳不知道我經歷過什麼……妳不知道我一路上失去過什麼。

班想起三年前那天，他嘗試了那種地獄般的粉末……就在寇特．柯本死去的那天。他只是想知道帶走他兄弟的到底是什麼，只是太過悲傷，一切都太荒涼，他甚至不知道自己究竟想不想那麼做。但他體驗到從未感受過的極致狂喜，那種卑劣的幸福讓人恐懼，他才猛然意識到那是多麼糟糕的東西，彷彿深不見底的謊言。於是他一口氣吞了五顆安眠藥讓自己睡著，希望能把強烈的感覺蓋過去，這樣他就不用感受到……事實上並不存在的幸福，至少在他的人生中是如此。他在兩天後醒來，隨即拉著成癮的朋友到北標府的管洞寺，參加那裡的嘔吐禪修，他和朋友吐了整整一個星期，只差沒瘋掉。雖然他的血液裡根本沒有毒素，但至少他將相關記憶清除乾淨，在成癮前就戒除，同時也藉此警醒自己絕對別再碰了。

查麗，在這個破碎清冷的世界，連幸福都不是為了讓我們感受而存在。妳的思緒、夢想，妳做過的事情，妳是什麼人，妳所理解的一切，妳想抓住的東西，妳追尋的目標。我們付出的代價，一次又一次死去的內心，不斷崩塌的夢，無止境的孤獨，瘋狂。我怎麼會不懂？查麗，我怎麼會不知道生活是怎麼背叛我們的……我怎麼可能會不懂？

直到黎明前最黑暗的時刻，身體裡再也沒有一滴眼淚，查日雅才停止哭泣，黑色的樹也不再落淚，空蕩蕩的枝頭上一片葉子也沒有了。淚水浸濕班的胸口，他的內心也沉重不堪，於是失衡搖晃、無序跳動，然後慢慢翻覆，以緩慢的速度……解體，沉落到最深處，在汪洋淚海的底部化為碎片。在難以忍受的荒蕪黑暗中，班無意間咬破了嘴唇，他緊閉雙眼，用乾啞的聲音低語……我愛妳，查麗。

他低聲示愛的話語在寂靜中盤旋，在房間裡……繞了一圈又一圈，直到最後一顆星星從天空中消失。查日雅緩緩坐起，傾身給了他悲傷的吻，漸漸抹去他此生所領受過的每一次親吻。她用冷冽到近乎燥熱的擁抱將他從孤獨的蛛網中釋放，在第一道晨光裡和他做愛，激情卻又溫柔。早晨的花園漸漸綻放光芒……如同沙漠中的綠洲。

查日雅在鳥叫聲中醒轉，那是她沒見過的陌生鳥群。她看到燕子整齊排列在牆面黑樹的枝幹上，剪影看起來身軀嬌小。樹枝上冒出小小嫩葉，取代了昨晚伴隨她淚水一同落下的葉片。耀眼陽光透過窗簾柔和照了進來，陰鬱的深藍色房間在晨光中成了群青色，而班已經醒來了。他躺在床上看著牆面的鳥，表情有些困惑，用裸裎的身體包覆著依然裸裎的查日雅，讓她感覺赤裸得如同半空中的氣泡，清澈透明……漫無目的漂浮著。

燕子，她小聲道，班眨了眨眼睛。牠們剛搬來／從哪裡……／不知道，從某個人冷到發抖的夢裡吧……班聽了露出笑容將她抱近，他突然才明白自己為什麼大半輩子都無法愛上任何人。也許是從我之前很冷很冷的夢裡飛出來的喔班，他看進她眼裡尋找著，雖然和原本一樣寂寞，但已經沒有眼淚了。

彷彿什麼都沒發生……我去弄東西給你吃，班笑了出來，查日雅在他下頜輕輕一吻，拉起被子圍住身體，起身將窗簾整個拉開後便走了出去。班坐起身看著她的背影，接著轉頭看向窗外，花海在陽光下蕩漾，他也一樣……感覺輕飄飄的，像是漂浮在水裡。他彷彿看見了陽光一片片溶解在水面上，蒸騰起一層薄霧，兩三隻水黽來回游動，蜻蜓一閃而逝。但他不知道自己為什麼會突然想起那些畫面，他甚至不記得那是不是最近看過的光景，或是映射自他生命中的某個片段。

查日雅回來時端著有番茄和乳酪的義式烤麵包普切塔，還有黑咖啡。她頭髮凌亂，藍色被子圍住胸前，在背後拖出嫵媚邊緣，彷彿那種極簡主義風格模特兒似的。在伴隨微風的明亮陽光下，兩人躺在床上吃早餐，用眼神互相調戲，在心裡無聲對話，然後再一次做愛……然後再一次。

班傍晚醒來時，不知何時跑進來躲在角落睡覺的貓叔叔也醒了，牠打了個哈欠後就蹲在地上看著牆面的鳥群，一臉興味盎然的樣子。鳥兒們依然站滿樹枝，但是聲音已經小了一些，有幾隻還開始將頭埋進翅膀裡。查日雅替他做了波斯風炒飯佐蒔蘿、越式水煮魚點綴甘草羅勒，還有一道撒上杏仁果的芹菜蘋果沙拉。她在用餐時播了三次四十七號鋼琴四重奏給他聽，在他吃提拉米蘇和有淡淡威士忌風味的愛爾蘭咖啡時說了十八次愛他。

班需要莫大意志力才能克制自己不把她拉回藍色房間繼續做愛，但他很快就發現需要更大的意志力才能逼自己鬆開她的懷抱出門工作。他在滿是陌生人的世界裡擺盪在五光十色之間，只為了在幾個小時之後跑過黑暗的重圍再次回到她懷抱裡。查日雅替他做了雞肉印度咖哩餃、青芒果沙拉佐羅望子醬，凌晨三點的晚餐和白天一樣在床上緩慢度過。吃完飯兩人便開始互相追逐，抱緊對方，打鬧調笑，一直笑到筋疲力盡為止。之後他們拉開窗簾，一起安靜躺在床上，然後在星光下一遍又一遍做愛。

由於兩人從小就一起生活，他們就像不願長大的孩子一樣只想整天玩耍，即使是做愛時的身體都像在遊戲。簡單沒有規則、沒有繁瑣的儀式，卻又溫柔深刻且令人沉浸，他們就像戰爭時的戀人，一次又一次墜入彼此的溫熱，彷彿沒有明天。在幾乎沒有空隙休息的密集做愛之間，查日雅還是忙著做東西吃，簡直像是要把握僅剩光陰的癌末病人。她總是在餓肚子，而且每次都吃得像是準備下蛋的魚媽媽一樣撐，因此最後便看到火爐上隨時都有個鍋子正在沸騰，而炭火上也時時刻刻都在烤著某樣東西。

在樹蔭外照射得到陽光的枝幹上，也掛晒著各種飄飄蕩蕩的食材，糙鱗毛足鱸、牛肉、血腸黑布丁、東北香腸、酸肉、雲南肉乾。廚房裡也堆滿了各種生食和乾貨或是其他半生不熟的食物，幾乎沒有空位可以行走。當空間不夠了以後，堆滿世界上所有物品的房間便有一部分變成了實驗室，瓶瓶罐罐裡小心翼翼裝填了生物學的解剖樣品，用油、醋或是檸檬和鹽巴加以保存。有風乾番茄片、人參、德國豬腳、田鱉、醃小黃瓜、黑橄欖、中國烏欖、海參、向天黃、韓國泡菜，甚至還有她舟車勞頓到沙沒頌堪買回來自己鹽醃的鯷魚。除此之外還有其他好幾種生物，但班不敢細問，寧可把它們都當作心裡的謎。

花園展露出前所未有的美麗，群芳爭豔之餘幾乎沒有空間讓新芽冒頭，查日雅只得每日修剪，以免枝葉覆蓋了道路而無法出入。為了減輕花園裡的負擔，臥室裡也堆滿了採摘回房間的花朵，數量龐大的花瓣像是要從房間裡炸出來似的。花朵分別插在花瓶裡、水杯裡，或在大大小小的碗中漂浮，有時候沒有容器了只能隨意擱在地上。連牆面上的黑樹如今都枝繁葉茂，甚至開出了花，枝頭可見一朵朵灰黑色剪影在末梢淡入藍牆。查日雅殷切期盼結出果實的那天，她就能把種子拿來種在另外三面仍然空盪盪的牆。

當班告訴她自己租的房子在哪裡，以及他每日清晨是如何偷偷看著她坐在繁花錦簇之間的模樣，查日雅大聲笑了出來……感覺和兩人初次同床時一樣赤裸。於是兩人偶爾會在傍晚時坐在花園裡，一起望向那扇遠遠看起來如同黑色四方形的窗戶，查日雅會想像他宛如困在昏暗光線交織的繭中，寂寞坐在窗邊的樣子。但班坐在花園時從來不會看到自己在房間裡，他反而看到查日雅和他的小小身影，徜徉在靛藍暮色下的花海中，喝著沁人心脾的桑格利亞酒，黃色的貓從旁邊悠然走過……彷彿他是在房間裡看著這一幕。

班依然每個晚上登臺表演，而且開始想要再製作一張唱片，甚至想再次重拾曾投入過的陶藝創作。查日雅也一樣，還是每天到唱片行工作兩三個小時，偶爾接待法國觀光客，再也沒在班面前哭過，不論是為了塔納、查農、那堤或是父親那些悲傷書信裡抑鬱相思的話語。即便如此，查日雅還是不讓班退掉屋頂的房間搬過去和她一起住，而且仍然堅持要班每週一都得回到河邊的房子。

查麗，我得跟莉卡說……我們的事／不行／我要說／你不用說，班，你不用說／查麗／班／我不想再騙莉卡了／那你也不用跟我在一起了／不是那樣的查麗／就是那樣／妳也知道我是想跟妳在一起，不是跟莉卡／我不知道，班，我什麼都不知道。查日雅不肯再跟他多說一句，走到屋後繼續料理她的烤乳豬。

在藍色的房間裡……上下飛舞的燕子們振翅盤旋。

23　黑色焰火

查麗，我得跟妳聊聊。**查日雅雙眼無神看著水杯裡的大馬士革玫瑰將花瓣抖落在地板上**，然後緩緩透過眼裡的裂縫看向他。那堤看起來像個酗酒過度的人一樣頹廢，外貌比實際年齡要衰老許多，苦痛的目光憔悴泛紅，妳不知道我有多努力，我不想讓我們兩個變成這樣，我很想妳，查麗，我很想妳……

他消失多久了？一個月、兩個月，還是三、四個？幾個月了？她等他回來等了幾個月？她又花了幾個月祈禱他不要回來？查日雅閉上眼睛，心裡對他浮起一絲憐憫，心想那堤也一樣……破碎，我們都是破碎的人，誤闖進不知何人的生命裡。我跟萍帕卡，我們只是像朋友一樣來往，我跟妳說過了給我一點時間，等她夠堅強了，可以獨自生活了，我就會離開她。我從來就沒愛過她，我愛的是妳，妳也知道我只愛妳一個人，那堤低頭喃喃囁嚅著。

而且妳也不愛那個男人……班先生是嗎？妳不愛他，查麗，妳從來沒愛過他，他的聲音開始顫抖。妳愛的是我，只有我們兩個知道真愛是什麼，只有我們知道真愛有多深刻、多誠摯。查麗，我們一起經歷那麼多事情，妳怎麼能這樣拋下我？樹枝上的鳥群開始不安崇動，查日雅悲傷纖細的手在灰暗房間中隱隱散發光芒，他看得淚流不止。查麗，沒有妳我活不下去，我好痛，痛得像是有子彈一直從我心臟穿過去。

查日雅閉上眼睛，她以前就在某個地方聽過這句話了，不是電影就是小說，而且第一次聽到時還覺得想笑。沒有人能知道子彈穿過心臟是什麼感覺……就連死人也是。即使說了從別人那裡借來的話，但那堤此生確實不曾像此刻這般痛苦、絕望，覺得自己毫無價值。他不知道怎麼會搞成這個樣子，也不知道事情是從何時開始變成最後這樣無法控制。

查麗，我活不下去，我活不下去，那堤在漸大的雨勢裡話音含糊，查日雅還是沒有任何回應。他以前就這樣說過了……好幾次，而且他不只活得下去，根本沒有死，還能回到她身邊拋棄她，反覆上百次，人一輩子究竟能忍受被拋棄幾次？空氣中濃厚的雨水氣息，讓她回想起查莉卡的特別日子……一看見陽光從雨中照耀下來，彩虹劃過天際，查莉卡就會叫她張開嘴巴，品嘗從彩虹末端灑落雨水，彩虹甜湯……姊姊在她耳邊悄聲說著，彷彿在透露什麼不可思議的祕密，而嘴裡的雨水甜美得令人訝異。

莉卡啊，莉卡，可是沒有出路啊，只是一直在無盡延伸的黑暗裡遊蕩而已。不論我們多麼努力，做了多少事情，生活只會一直背叛我們。沒有什麼特別的日子，沒有甜湯，沒有彩虹，只有恩夫人跟昌夫人……孤獨的雙胞胎，不是嗎莉卡？這就是我們從爸爸那裡承接的遺產，只能在心裡不斷折磨自己，各自在孤獨裡迷失。莉卡，告訴我好嗎，莉卡，告訴我該怎麼做……

為什麼我們不乾脆一起去死呢？查麗，妳跟我，我們比世界上任何人都還要相愛，卻不能在一起，想分開卻又分不掉，為什麼查麗……為什麼……。查日雅緩緩睜開眼睛，那堤痛苦的話語讓她低下頭，她看著自己纖細悲傷的手在大腿上緊緊交纏，像是害怕會失去彼此似的。不能在一起，卻又分不開，爸爸信裡悲痛的句子再度浮現她腦海裡。

……羅莎琳，那些午後時光漸漸遠離，每天都愈來愈模糊，我只能努力撐著不讓自己瘋掉。我們為什麼不在那個時候就一起去死呢？羅莎琳，為什麼？在死亡中相依總好過像這樣忍受著無止境的相互思念吧？與這樣無法相守的折磨相比，死亡不過是一瞬間的事。

記憶裡模模糊糊的彩虹甜湯滋味在嘴裡漾起一股苦口的微甜，那堤的話在他腦中迴盪不已。不能在一起，想分開卻又分不掉，為什麼我們不乾脆一起去死。對啊，為什麼我們不一起去死，死亡能有多痛？跟那樣的痛苦相比……無法擁有班的煎熬。

班才推開藍色房間的門走進去，窗外一陣強風便重重打到他臉上，然後又匯聚在一起往後吹去。天花板垂掛下來長及地板的六片式窗簾正像章魚觸手似的在半空中擺動，那是他首先看到的景象，飛騰的布簾彷彿在焦躁掙扎，又似乎想抓住什麼。接著是查日雅，她呆坐在床墊上，臉色蒼白，頭髮在風中凌亂飛散，彷彿熊熊燃燒的黑色焰火。然後他看到那堤萎縮著躺在旁邊，像個孩子一樣抱著膝蓋蜷曲在一起，但臉色卻又如年老女子一般衰弱疲憊。那堤蹙著眉頭、緊緊咬著嘴唇，看起來痛苦得像是被子彈穿過心臟。

查日雅慢慢轉過頭來看向班，伸出食指和中指放在嘴唇上，示意他不要說話，卻又像是要留下唇印，彷彿要往他送出飛吻，她一向喜歡在他準備離開去工作時那樣做。但並不是，她的頭髮依然在躁動的窗簾下熊熊燃燒，水滴敲擊草木的脆裂聲響一陣陣傳來，聽起來宛如那天晚上她滴在他心裡的淚。班這時才想起自己因為滂沱大雨而全身濕透，他早上離開河邊的房子時，仍是豔陽高照晴空萬里，一點要下雨的跡象都沒有，完全沒有……

她站起身，慢慢走到他面前，窗簾在她身後張牙舞爪似的翻騰。班開口想說話，卻不知道該說什麼，只能看著她的眼睛，在那道裂縫後面焦急尋找他的查日雅。而她伸出食指和中指輕輕放在他嘴唇上，又一次……示意他別說話，像是將剛剛留在指尖上的唇印轉到他唇上。在幾近永恆的寒冷片刻裡，她輕聲低語道，忘了我吧。在呼嘯的風裡，他身上的水珠滑落地面滴答作響，不存在的緬梔花自大雨中隱隱飄來香味，潮濕的空氣悲傷沉鬱，她的話語一層一層、一層一層進入他心裡。

黑樹上的鳥群在枝幹間紛亂跳動，猶自柔嫩的花瓣盡皆凋殘，接著只見牆壁上的鳥影翻飛撲騰，在各面牆上來回盤旋，彷彿不斷迴旋的炭灰在周遭捲起了風暴，而那堤仍然蜷縮著躺在中央。班那時才突然意識到自己什麼都不知道，他從來不知道那堤是誰，從哪裡來，過著什麼樣的生活，又是多麼絕望才會躺在這裡，在如此痛苦的風暴中讓子彈穿過心臟。他也從來不知道，在他並不存在她生命裡的那段時間，查日雅咬牙撐過了什麼樣的日子，在空虛的生活裡遊蕩了多久，在漫漫長夜裡都做些什麼，都是誰在照顧她，陪在她身旁，將她拉住。沒錯，對她而言，有很長一段時間，他根本就不存在。

班緩緩闔上眼，他心裡有些東西開始碎裂，轉瞬間便化為烏有，而他忍不住訝異自己竟然一點感覺也沒有。沒有……一點也沒有，在難以理解的那一刻裡，他卻想起了包裹在芭蕉葉裡香氣四溢的千層糕，以及幾個小時前查莉卡要他帶回去吃的兩三樣甜品，還有她揮手和他道別時的寂寞笑容，而公車正緩緩駛離……

接著他又看到水黽在陽光片片溶解的水面上來回游動，卻想不起來是昨天傍晚跟查莉卡一起坐在河邊看到的或是什麼時候。下一秒則變成車子經過高架道路時，他眼裡看到的大雨傾城，當時他心想雨中的曼谷真是美得讓人難以置信。而畫面馬上又變成河邊房子的餐廳裡，查日雅空蕩蕩的座位，而不知道為什麼……這次他並不覺得憤怒。

畫面跳接到寂寞蛛網叢生的房間裡那面黑色窗戶，章叔孤獨的詩句，綻放搖曳的花海。各種瑣碎事物一一浮現，甚至跟此時此刻、跟查日雅或他們兩人沒有任何關聯，這些毫不重要的事情他之前從未想起過。在刺眼陽光下對他彈手指的稻草人，爸爸在某地的廟會上遞給他的紅綠色魚形捏糖，味道像是舊報紙的漢堡，睫毛上璀璨的亮粉，鳳凰木的橘色落花在暮色裡如一地散落的碎玻璃，清晨時分對著天空起誓的小女孩……各種畫面不斷在他腦中滑過，不停滑過。

當他再度睜開眼睛，只看到眼前緊閉的房門，班將手放在潮溼的門板上，感覺被痛苦狠狠刺了一刀，嘴裡喃喃囁嚅著。不……或許他根本感覺不到什麼，也什麼都沒有說。他想不起來自己感覺到什麼，說了什麼，想不起來自己在那裡站了多久，不知道自己何時走了出去，在那之後又去了哪裡、做了什麼。

但還沒有，他還要過很久……很久很久，才能真的從那道門離開。還要很久……他才能擺脫她最後的低語。還要很久……他才會明白，從小時候遇見她的下午起，再也沒有回到河面上的人是他自己。是他沉到了陰鬱深處潛泳，漫無目的迷失在冷冽水流裡，……只看得見遠處溫柔明亮的模糊光影。

24 從未哭過的貓

雨停了好一陣子，查日雅仍坐在床墊上，她環抱著膝蓋，無神盯著地板上眾花之間的大馬士革玫瑰花瓣。自從聽見班的腳步聲消失在雨中以後，她便這樣持續了好幾個小時，沒有感覺、沒有想法、不說話。

那堤跪在地上，正埋頭將暗沉藍色的安眠藥分成兩堆平均的份量，同時小聲對自己含糊嘟囔著。查日雅只希望他在她改變心意前別再說出那些聽上去十分深刻的話了，我不明白為什麼我們兩個人會變成現在這個樣子……我這輩子沒愛過任何人，查麗，除了妳以外，我從來沒愛過任何人，其他女人只不過是……，只不過是什麼？只不過是什麼啊？一股疼痛像銳利刀鋒在她心底深處劃過，雖然那堤話才說到一半，查日雅已經抓起整把藥塞進嘴裡，抓起水杯喝了一大口。接著她又將掉落到床墊上的幾顆藥也放進嘴裡，又吞下一大口水，然後倒在床上……靜止不動。

那堤抬頭望向她，張大嘴巴愣住了，不對，不是這樣，還沒，生命的最後一幕應該還有更多東西不是嗎？痛苦、悲傷、折磨、憤怒、感激、感動、憂鬱、焦躁，什麼都好，但她卻……簡單得像是這根本沒有什麼，只想趕快結束似的吞了藥錠平靜睡下，彷彿徑直衝向牆壁一撞就仰天躺倒。

……就像自己衝向牆壁後直接撞倒在地上，一切確實就像那樣。查日雅陷進床墊裡，輕輕嘆了一口氣後閉上眼睛。她想起黑夜裡走在她身旁的男人，他安靜得像是影子一樣陪在她身邊，就在她眼角餘光附近守著，從小時候起，她總是只需要轉頭幾度就能看到他。在喜馬潘森林裡，他躺在她身邊，教她在所有人只用眼睛看的世界中，用心去觀看。他走進黑夜裡替她砍香蕉葉做水燈代替毀壞的那具。他帶她四處尋找有低頭天鵝的噴泉，一句抱怨也沒有。他用整顆心承接她的淚水，卻和她一起崩塌了。

而她也想起輕易耽溺於上百萬本言情小說的姊姊，那些話語層層疊疊又如漩渦般交相環繞，複雜得讓人找不到出路。我下輩子還要當妳妹妹，我親愛的莉卡……我的雙胞胎。然後她想起那張最美麗的自殺，一個女人在四〇年代從帝國大廈躍下後的黑白照。那個女人極美，身著華服畫上精緻的妝容，她從街道走向樓頂的一路上都讓男人轉頭張望，接著她飛落下來，閉著眼睛躺在凹陷的車頂上，晨光將她身旁的碎玻璃照出璀璨光芒。這時查日雅才想起自己仍穿著舊舊的家居服，面容蒼白無血色，頭髮蓬亂。如果剛好有人來拍照，她的照片一定會被命名為最醜陋的自殺，但她只覺得腦袋輕盈，完全不想再起身多做什麼了。

接著她在心裡模模糊糊看見只為她盛開的花園，所有的芬芳都將消失，只剩下悲傷的氣息。之後來住的人會像她一樣悉心照料它們、為它們澆水嗎？她又想起了姊姊，莉卡對不起，我……，但馬上又被貓叔叔的圓臉取代。接著各種思緒紛亂湧現，濕潤的眼眸，抖落花瓣的大馬士革玫瑰……抖落什麼？對不起莉卡，對不起，玫瑰要凋謝了……。查日雅睜開眼睛看向牆壁，那堤仍在喃喃自語，他整個下午都在說話，一直說、一直說、說到樹枝上的鳥群們都厭煩了，紛紛將頭埋進翅膀裡擋住聲音。

鳥／什麼鳥……／燕子，那邊，你看那邊／哪邊……查日雅很困惑，那裡啊，鳥……樹上，都是……那堤也看向牆壁，什麼鳥……他什麼都沒看到。她感覺有水從腳底漫了上來，寒冷得像是極地冰塊，一波一波往上侵襲，又一寸一寸淹沒她。她伸手想碰觸深愛過的臉龐，卻只看到手指在眼前僵硬彎曲，接著那堤的身影便消失了，她眼前只剩下回憶裡天空中最後一道星光。冰冷水流淹過她全身，她不斷下沉，往黑暗深處……

那提還在困惑，他想看到自己人生中的最後一幕充滿意義，甜美深刻或扣人心弦，不是像這樣戛然而止。但他都還沒準備好，查日雅便失去意識了，他伸手輕輕撫摸她的頭髮，痛苦得像是看到茱麗葉死去的羅密歐一樣。我很快就跟妳一起去，查麗。但他很快又改變心意，另一幕會更揪心……再抱我最後一次，就是那幕。悲痛瞬間淹沒他內心，淚水浸濕了整張臉，他將她抱進懷裡，緊緊抱住後將臉貼在她被他弄濕的臉上。

查麗等我，等我親愛的，那提輕聲抽泣著，正準備要再說一次愛她，但突然想起冰冷的軀體以及即將侵占她身體所有角落的死亡。可怕……他差點不小心將查日雅摔在床上，但最後仍及時將她緩緩放下。她臉色蒼白，髮際滲出汗水，嘴唇開始發青，身體微微打顫。他舉起她冰冷的手臂，放下，又舉起，然後再度放下，眼前悲傷纖細的手臂僵硬得令人恐懼。於是他決定輕輕搖晃她，查麗，查麗……，查日雅文風不動，那提將耳朵貼在她胸口聽著，彷彿聽見了悲傷的歌曲，卻又細微得難以耳聞。那提抬起頭，左右張望尋找聲音的來源，卻一無所獲，他低頭試著再聽一次，但這次卻什麼也聽不見了。

日本靈異電影的畫面突然浮現他腦海，又急又猛的恐懼攫住了那堤，讓他不小心將另一堆藥撥得到處都是，接著他慌張起身，踉踉蹌蹌到了房間中央。不知所措的那堤渾身緊繃盯著查日雅，百萬種思緒縈繞在他心裡，悲傷、害怕、憤怒、混亂、絕望、孤獨、擔憂、困惑、反胃、噁心、不屑、衝突、恐懼、焦慮、哀悼、愛。

愛……沒錯，愛，那堤知道他愛她，他從沒這樣愛過一個人，而且這輩子永遠也不可能再這樣愛一個人，甚至下輩子也是。我愛妳，查麗，我愛……，那堤喃喃道，眼淚盈眶，一想到在失去她的日子裡繼續活下去會有多痛苦、孤獨，他便差點要把那些藥也吞下去。只需要幾顆藥，吞完就躺下抱住她，只要沉沉睡去就能跟她在一起。從見到她的第一天起，他就一直想跟她在一起，他想陪在她身邊，他從來就不明白為什麼會做不到，為什麼總是有各種無法解決的問題，為什麼總是有那麼多莫大荒謬的事情。

查麗，我們永遠都不會分開了親愛的，我們會在死後永遠在一起。一說到死，他身體又不受控制顫抖了起來，尤其看到眼前愈來愈扭曲的僵硬手指，這時浮現在他腦海裡的是韓國恐怖片。唉查麗，妳不應該這麼急的，查麗，他猶豫不決，看向散落一地的藥錠，接著又再一次勉強看向查日雅。她的身體開始不斷顫抖，而且比剛剛更加激烈，眼睛在眼皮底下快速轉動，嘴唇變成淡淡的紫色，一側嘴角甚至開始泛起泡沫。

啊……，那堤因為恐懼而低聲呻吟，接著便從房門衝了出去，但才沒幾步就突然停了下來。貓叔叔威風凜凜坐在他眼前擋住去路，小小的粉紅舌頭從他看了生厭的肥臉上吐出，牠舔到一半的腳還懸在半空中，綠色眼睛嚴厲瞪著他，瞳孔大大睜著彷彿光圈全開似的。

他想到明天或兩三天後有人發現她時警察會說什麼，那之後也許會查到他身上，誰都知道泰國警察有多厲害！不論他們怎樣審問他、羞辱他，他都會說他什麼也不知道，他跟查日雅只不過是分分合合了一年多……好多年。沒人目擊發生了什麼事，除了……除了這隻笨蛋貓叔叔，這起事件唯一的重要證物。那堤沒有浪費時間思考，立刻將嚇得叫出聲的 Yellow 叔叔抱起來夾進腋下。

他回到家後煩躁得坐立難安，還焦慮到反胃，最後甚至不安到召了計程車再次返回查日雅家。但半路上又改變心意，回到家裡繼續忐忑，整夜都輾轉難眠。隔天及接下來幾天，他都去買下各家報紙，逐一檢查是否有女子神祕死亡的報導，但一無所獲，也沒有女子服藥自殺未遂的新聞，他不禁納悶，難道都沒有人再為愛走上絕路了嗎？

過了好幾個星期後，那堤才鼓起勇氣回到那棟黃色屋子。他戴上墨鏡，帽沿壓低，站在附近怯弱張望，卻只看到門口掛了急售的牌子。幾個月後，黃色房子和群芳爭豔的花園就消失了，原址蓋起了高聳的集合式住宅。那之後那堤便和此生只為了與他為伴的女人萍帕卡在一起，努力忘掉可以為了他去死的女人查日雅。在頭幾年裡，那堤常因想起那天發生的事而哽咽落淚。但經過一段時間後，他豐富的想像力讓他相信她並沒有死……至少他沒有看到任何消息。而且他想查日雅可能在哪裡過著幸福的日子，或許是跟……班，那個人可能剛好在最後一刻回過頭去救了她，就像電影裡演的一樣，她也可能會跟日後走進她生命裡的其他幸運男子在一起。

貓叔叔 Yellow 後來一直待在他身邊，無聲跟著他出沒在房間角落，帶著一臉厭世的姿態慢慢老去。牠在八年後消失無蹤，就像所有貓一樣，不讓低等的人類有機會看到牠們返回母星球的樣子。沒有人知道牠是否思念過自己的人類姪女，或是為她……掉過一次眼淚。

25　鳥群遠颺與黑色的樹

查日雅驚醒浮出水面，又昏睡下沉，隨後再度醒轉，然後又一次下沉。她再醒來時發現自己在冰冷的藍色水流裡載浮載沉，湍急的水流如海上風暴一樣翻起洶湧巨浪，牆上的黑樹幾乎全淹在水裡了，而水面仍不斷升高。枝幹上的鳥群全都飛走了，房間裡只剩下不斷將她拍向牆壁的浪潮，潮水衝擊牆面後又將她往後拉回，從另一頭襲來的潮湧則再次將她推向牆。就這樣來來回回、來來回回，她感到一股難耐的噁心反胃，但水面很快淹至天花板，波浪平靜了下來，查日雅漸漸往底部沉落，慢慢……慢慢下沉。

她伸手想往上攀抓，卻不知道為什麼要這樣做，接著還來不及反應就吐了出來，像金魚從嘴裡吐出飼料一樣。但她吐的不是魚飼料，而是各種文字。我**日乍**　天**夢**　至　刂**女尔**，查日雅困惑看著那些仍然成句的字符，它們先是彼此相連，而後在她周遭漂散開來。**我**一宀**疋**　**會**回　去**扌戈**妳，我　保言**登**無　言侖　女口何，**不**　論是　**生**　是**死**。

查日雅揮動雙手，左右張望後又吐了一次，有 夕夕久 了，我人門 只能 木目 互 思念。接著又一次……言青 另刂因 我們白勺 愛忄青 哭泣，接著她便發現自己漂浮在溫柔的筆跡之間，而那些字跡又像漣漪一般漂散開來，變成墨漬溶解在水中。

每一 糸糸 口乎 口及 都在田心 念 女尔，我 扌斤 磨得 彷彳弗 墜入火東 獄，我不 日月白 自 己怎 麼會言襄 我 們陷入 女口 此痛苦 的土竟 地，羅莎琳，琳，中 冂 宀 寸 我們 勹 幺 夊 亅 人凵 回 厶 匕 身卜 工 儿 丫 疒 殳 爿 欠苦 冖 口 弋 广 巛

查日雅看向四周，努力嘗試著要閱讀，但它們已經不再是文字了，她感覺水開始旋轉，逆時針緩慢流動。接著就旋轉得愈來愈快，快到將查日雅甩進了漩渦中央，繞著房間不斷迴旋。過了一陣子後她感覺水漸漸濃稠，彷彿被拌得黏糊的麵粉漿，愈來愈稠、愈來愈稠，而愈是濃稠，旋轉的速度就愈來愈慢、愈來愈慢。

她在宛如慢動作電影鏡頭的速度中漂浮，字符都消失了，遠處傳來音樂般聲響，但聽起來混濁疲憊又拖長了聲音，彷彿在播放老舊錄音帶似的。花朵漂了過來，殘

破枯萎得讓人看不出是什麼花。不是，那不是花，兩隻小小的水母在旋轉得愈來愈慢的水中緩緩漂來。水流愈來愈慢，愈來愈黏稠，直到像黏液一般再也無法流動後才停了下來。莉卡水母和查麗水母不知道消失到哪去了，查日雅張望四周尋找著，接著發現自己困在狹窄濡濕的孔竅裡，彷彿某種潮濕混濁的滑溜藍色膏狀物，讓人有種想嘔吐的感覺。

聲音拖長的樂曲聲也停止了，只有風像螺旋般吹拂繚繞的呼哨聲。是迷宮……盲眼蚯蚓的迷宮，她才明白自己是蚯蚓查麗，迷失在自己的迷宮裡驚慌失措。蚯蚓查麗，蚯蚓查麗，查日雅在狹窄黏滑的孔竅裡緩慢爬行，一寸一寸、一寸一寸，同時在口中喃喃道，蚯蚓查麗，吃土，大便出來也是土……

潮濕黏稠的感覺，以及骯髒的藍色，讓她又是一陣反胃。查日雅彎著脖子準備再次嘔吐，但還來不及那麼做……便發現眼前的漩渦消失了，下一秒她便滑落無垠的巨大空洞裡，迅速往深處墜落，寒冷陰暗又深不見底……查日雅又醒了三次，而每次她都發現自己仍然在不斷下沉、不斷下沉、下沉。

吃下滿滿一把數量不明的大量安眠藥後過了四天，查日雅在藍色房間裡第七次醒

來。她周圍的兩三坨藍色嘔吐物已經乾了，房間裡四處都是那堤不小心撥散的藥錠。傍晚的光線自窗外溫柔照了進來，但牆上黑色的樹卻衰頹了，枝幹全都無力垂落，彷彿早已在一百年前死絕。鳥群消失得無影無蹤，那堤也沒有信守承諾死在她身旁。

她慢慢起身，搖搖晃晃在家裡繞了繞，沒看到那堤偷偷死在任何地方，她很高興他仍然堅強到能夠再拋棄她一次。但貓叔叔 Yellow 卻不見蹤影，她走到花園裡找牠，沒見到牠的身影便往更深處走去，牠白天最喜歡躲在紅花鐵刀木的樹蔭下睡覺，於是她在那裡坐了下來，等待著……。她經歷不斷墜落的漫長夢境後依然覺得很睏，但查日雅慢慢恢復了記憶……

那時她才想起來，她跟班說的最後一句話是要他忘了她。查日雅眼前突然一片空白，接著彷彿被用力劃了一刀，前所未有的巨大悲傷向她襲來，痛苦得像是整個世界都要瓦解成碎片，人類即將消失滅絕，連就要遮蓋住眼前整片天空的宇宙都將不復存在。

查日雅既困惑又寒冷，身體顫抖了起來，她左右張望了一下，無法理解樹葉為什麼依然美麗鮮綠？花朵為何仍綻放盛開？蝴蝶怎麼還能翩翩飛舞？宜人的微風也仍輕輕吹拂著，而時間又怎麼能夠在不斷消逝的夕陽裡持續行走？雖然心裡還在痛哭，查日雅還是決定起身尋找貓叔叔。心碎拖著踉踉蹌蹌的步伐，她扯開喉嚨沿路叫著所有她用來呼喚過牠的名字，磷光眼睛、小棕櫚糖糕、小萬壽菊、小楊桃、果凍肚皮、*Yellow* 叔叔、檸檬蘇打、小肥臉、小香瓜、小懶蟲、臭酸椰奶、琥珀屁股、魔法南瓜……但都沒有看到牠的蹤跡。

她在路上也好幾次想找到通道，前往班租在頂樓的孤獨房間。但在通往那排房屋的路上，一個錯估自己體型的肥胖男子迎面而來擋在窄巷裡，遮蔽住查日雅的視線，讓她看不見能夠穿入巷弄的唯一通道。不論她幾次回身，對方都還是一步步朝她擠壓過來，卻同樣到不了另一邊，只是一直擋著她的去路。

那天晚上，查日雅到 The Bleeding Heart 尋找班，他的團員說他好幾天前有到店裡，寫了簡短的紙條說不會再來了，還把很多東西分給朋友們，讓他們各自挑選。一本彙集浪漫雕塑的攝影冊，書內作品都出自某個叫卡蜜兒．克勞黛的女子。皮褲、巡迴演唱會紀念T恤、靴子、造型像紙飛機的電吉他。一幅圖案是荒涼黑暗中某個星系的拼圖。好幾張黑膠唱片。

……這些全部都是班從頂樓的租屋處清出來的財產，收完他便跟章叔道別，歸還房間……。身為房東兼愛情之毒的專家，章叔從班的眼神裡看得出來，即使他還在呼吸，靈魂卻早已破碎。儘管如此，老人也找不出任何一句話以撫慰即將死去的心靈，只能將班的手握在自己顫抖的手裡久久不放。章叔終究放開班的手，又過了十一個月後決定去死，他在某個寒冷夜裡點燃床邊炭火，在無窗的寂寞房間裡闔上眼睛。讓他尋死的不是伴隨他度過大半輩子的悲痛與苦澀，而是再也無法忍受等待此生結束的漫長歲月，不如盡早開始下一次人生。

查日雅深知班不會回到河邊房子，因此，出於與母親相同的瘋魔執著，查日雅收拾行李踏上尋找班的旅途。她沒有跟查莉卡、三個女巫或是任何人道別，只帶上曾讓她心神激盪的那片交響曲，那首曲子引領她開始尋覓愛情，宛如永無止境，卻也將她帶離他身邊。我會找到你，在你忘記我之前，班。帶著堅定的意志，她在心裡大聲宣告著，相信自己一定會找到班，如同她曾經一次又一次找到他。

也彷彿是如此，然而……，兩人有好幾次坐在對向交會的火車上，卻無法在車窗上無數空虛臉孔中認出彼此，只和眾多陌生臉龐共同流逝為一道長長的白線。有好幾次她到某間酒吧或餐廳詢問，得到的答案都是那個一語不發、來路不明也不知去處的樂手才剛剛離開……就在幾天前的早晨。有好幾次他前腳才剛離開，她就在車站月臺上同一張長椅坐下。有好幾次班在餐廳入座時，她才剛從同一張桌子離席。

有好幾次，兩人會各自站在河流兩岸不同角落看著同一顆星星，卻無法在陰影中看見對方。有時兩人會像從前那樣，一起走在街上沉默不語……卻是各自走在熙攘街道上的兩端，然後在迷失於這個世界的龐大人潮裡錯過彼此。

當她在細雨中低語，我要到哪裡才能找到你，班……，班正回答道，拉都班央，同時將車票錢交給售票人員。當班在沒有星星的夜晚問著自己，妳過得好嗎？查麗……查日雅正在說，沒事的，我自己可以，同時對行李員露出笑容，然後拎著她的小包包離開。當她對身旁的陌生人幽幽吐出一句，天氣好熱啊，班也小聲說著，喝點水吧，同時將水罐遞給眼前看起來快要暈倒的工人同僚。而當他在睡前對著天上的星星問道，忘了妳，這就是妳要的對嗎……查日雅正慌張在風裡說著，不要忘了我，班，你千萬不要忘了我。

當整個世界在兩千年時慶祝千禧年的到來，查日雅住進了一間小小的民宿，班正躺在隔壁房間夢著那個眼裡有裂縫的女孩。兩人只能整夜裡絕望聽著腳步聲來來回回，卻不知道對方就在那裡。又過了好幾個月後……當班推開某間書店的門走了進去，他的手貼在了查日雅幾分鐘前才留下的無形手印上，可嘆的是……兩人手紋上的生命線卻是平行的，直至天地合、山無陵那天都無法交會。

查日雅再也不曾像她始於十六歲的習慣那樣哭號，不論是為了塔納、查農、那提，或是爸爸情書裡的字字句句。即便是班或是把他弄丟的自己，都沒有讓她掉下淚來。她內心乾涸，甚至無時無刻不覺得口渴，但不論喝下多少水，她都還是一樣口乾舌燥，而且依然哭不出來。

浪遊在尋找班的旅程中一千個日子後，兩人也遇見卻又沒遇見了一千次。查日雅總是能從那種味道，晒乾衣物從明媚陽光下剛收起的氣息，感覺到班就在附近，卻無法回答自己為什麼就是找不到他。最後她不得不堅信，所有的錯過都源自於她小時候犯下的罪孽。她喜歡從溝渠裡將成串如黑色珍珠的蟾蜍蛋撈起來玩，想像那是仙草凍。或是因為心急不想等待，就去打擾交配到一半的蟾蜍，讓牠們不得不從愛裡硬生生分離。領悟到自己對所造業障無能為力，班終究會在被她找到之前忘了她……查日雅決定回家。

查莉卡已經好幾個月都幾乎沒吃什麼東西，身體萎縮了起來，查日雅甚至將眼前的人和姊姊好幾年前只有十歲的樣子混淆了。就像媽媽一樣……查莉卡幾乎不跟任何人說話，只在心裡和那些高聲縈繞的窸窸窣窣低語交談。

從班沒有回來的第三個星期一開始，查莉卡的甜點不再甜美，有時甚至僵硬得難以入口。就連她最為人稱道的千層糕，都變成嚼不斷的一團黏稠，當放在嘴裡時，糖漿都溢出淚水的滋味，有時甚至苦澀得無法解釋。打從一開始，小說女主角般的直覺就告訴她，班心裡有別人。當他跟查日雅同時音訊全無，沒有道別也沒有解釋，她便立刻知曉了那個女人是誰。經過了杳無聲息的漫長日子，小說女主角的直覺也告訴她，妹妹跟他都不會再回來了。

查莉卡拉下店門不再做甜點，也不再閱讀小說，她也不再離開家半步，不跟任何人說話。但她也不曾提起班與查日雅，整個白天……除了睡覺之外什麼也不做，晚上卻在黑暗中清醒漫步。她總是在家裡各處罅隙裡靜靜佇立的陰影之間漫無目的遊走，雙手伸向前揮動著，像是試圖抓住什麼東西。直到某一天起，她開始四處跟旁人說自己有個孩子……一個可愛又惹人疼惜的七歲小男孩，會在半夜來陪她一起玩。

儘管如此，查日雅回家時沒有跟查莉卡說自己和班之間的事，或是那堤，或是那個大雨滂沱的夜晚發生了什麼，她也沒有提起那之後尋尋覓覓的孤獨旅程。查莉卡也沒有問，同樣沒有開口對妹妹述說自己的任何事，不論是苦澀的甜點，夜裡的漫步抓尋，或是她透過小說女主角才有的直覺……所知曉的一切。除了一件事以外，她從未懷孕就有了的孩子，永遠停留在七歲不會長大的男孩。

沉默依然占據整間屋子……雜草從棄置的噴泉叢生而出，從柵門到田鼠的大都會，覆蓋了一大片區域。餐廳裡遍布眼淚的結晶顆粒，怎麼掃也掃不乾淨，每次掃完之後又會再次四散，發出璀璨閃爍的光芒。客廳裡堆滿隨潮溼與時間而毀壞的唱片，不時會傳出難以入耳的尖銳聲響，即使根本沒人碰觸過。陰影的群落也不斷遷徙進屋子裡，讓房內陰暗漆黑，永遠像是大雨前的光景。

努恩和孩子、孫子以及日益擴大的家族搬到另一棟房子住了，就在她三個丈夫住的地方不遠處。那三個男人最終決定住在同一個屋簷下，一起為共同的家庭付出心力，他們租了塊地種植越南芭樂，依然輪流造訪努恩。雖然她在查莉卡關閉甜點店後便辭掉工作好照顧龐大的家族，但仍然會特地每天或間隔兩天回到河邊的房子，替查莉卡打掃、洗衣服、煮飯，而且堅持不收任何薪酬。

26 領養的小豬與謀殺自己影子的男人

忘了我吧，忘了我吧，忘了我吧，她不斷說著……一遍又一遍，在不斷往後飛逝的畫面裡來來回回，在班曾經著迷過的鮮綠田野裡，在僅有孤獨弦月的漆黑夜空中，在滿布晶瑩雨滴的車窗上。忘了妳……，這樣就好嗎？妳想要的只是這樣對嗎？這能有多難？能有多難？他整個人，這整個世界，他都能為妳忘掉啊親愛的，如果這是妳需要的。

於是班再度跟著火車四處漫遊，頭髮削短到露出頭皮，身上只帶著幾件物品，在沒有目標也沒有終點的旅途中行進。班才明白爸爸為什麼要不停遷徙，爸爸不只需要前往沒被記憶沾染的地方，也是為了不創造新的記憶才拚命逃離。因為有些事情太難埋藏，有時只是相似的溫暖擁抱，就算只有一絲絲雷同，都會在心中將過去重新點燃。

在旅程剛開始時，他身上的錢並不多，班心想自己恐怕沒辦法在持續的旅行中維持生計。但真的踏上旅途後，他才發現人生所需並沒有原本以為的那麼多。他吃住都很簡單，如果真的找不到地方住，就去寺廟投宿，錢用完了就去工作，存夠了錢就繼續上路。如果不挑的話工作一點也不難找，而且班也不再揀選什麼，不論是工作或是任何事情。從純勞力活到餐廳駐唱，他怎樣都行，而且班發現自己很樂於從事挖土、摘水果、耕田植栽、建築或是服務生等勞動，遠勝於他曾經熟悉的音樂工作。

除了曼谷和少數幾個大城市外，人們並不認識搖滾樂，通常都得表演泰國本土的鄉村音樂，他倒是不討厭，而且有不少歌曲他也很喜歡……就是人生之歌那個類型。雖然他對那些歌裡壓抑、過剩的憤恨感到些許厭煩，但還算可以忍受。最糟糕而且他最不喜歡的就是歐美民謠了，這種工作很好找，一個人就可以上臺表演，彈著吉他開始無病呻吟，歌詞總是在陽光與微風裡……愛得死去活來。這種隱含理想的甜美情歌讓他覺得反胃，愛就愛，不愛就不愛，跟太陽每天升起落下一樣平凡無奇，他不懂這有什麼好弄得多複雜深刻賺人熱淚，我們不就是感覺我們所感覺到的嗎？而他更不明白理想跟偏見有什麼不同，或者說……都只是包裹在迷思裡的迷思。

持續移動的生活破壞了班的時間感，有時他會覺得才上路幾天，但他已經繞行國家第三圈了。即便如此，時間對他早已失去意義，當一切都只是來來去去，沒有任何痕跡留在身後，沒有需要埋藏或消除的記憶。只是從一座城市到下一座城市，從一個地方前往任何地方……班一直在路上。有時他會選擇曾經聽過的知名觀光景點，例如攀牙島、烏隆府、清邁。想不到要前往哪裡時就去火車站，在車次表上挑選喜歡的名字，或是看起來很美的名字，像是松海里亞、約卡塔、拉都班央。有時他會選擇聽起來比較奇怪的地名，比如說班安姆勒、靶紹、邦嘎里。有時乾脆閉上眼睛隨手一指，有時則隨興所至，除了曼谷和那空猜西他會跳過以外……其他任何地方，對他都沒有任何差別。

有時他只待幾天，有時可能會久一點，可是一旦他開始熟悉，不用問人就知道要去哪裡買什麼、哪些人是做什麼工作、哪間餐廳好吃，他就會準備再次動身。除了少數幾次……兩三次，例如他湊巧聽見某個樂團的音樂很像他喜歡的 Catherine wheel 跟 Radiohead，又或是另一次他在清邁跟某個很棒的樂團合作，甚至讓他幾乎要下定決心回頭做音樂。而有另外兩三次……他遇到某個女人，溫柔得令人著迷，他差點就要為此結束流浪的生活。那時的他腦袋裡浮想聯翩，有了定下來的念頭，還暗自期待能有機會再次學會怎麼去愛。卻發現自己只是在漆上不同顏色的圍牆後頭尋找那棟黃色的屋子，他只是在不同的女人身上尋找查日雅的影子，他依然無法忘記……

在沒有任何事物值得記憶的世界裡，他幾乎想不出該怎麼如他所願將她忘掉，直到他遇見一位環遊世界替動物園熊欄設置電網的英國男子。那人對他說，當熊觸電了很多次以後，就會靠本能學會不要再靠近同樣的地方。即使日後撤掉電力拆除柵欄，終其一生……牠們都不會再接近那些區域了。

於是班隨身帶了一根針，每次想到她，就拿針刺指尖好幾下。一開始，他甚至沒辦法接音樂表演工作，因為指尖痛到無法按吉他和弦。還有好幾次，由於夜裡被渴望群起侵蝕得難以忍受，讓他無意間用針在胸口劃出數道血痕。但時間一久，當他想到她時，即使不用針刺都會感到指尖疼痛。到了後來，在想起她之前就會開始隱隱作痛，他會因此立刻去找事情來做以迴避對她的思念。隨著他對查日雅的思念逐漸被推得愈來愈遠，他腦中關於她的記憶也愈來愈模糊。

遺忘或許非常困難，但最後每個人都能夠遺忘，不論記憶本身有多麼重要、甜美、苦澀或是痛苦不堪。他聽過這樣的故事，一個女人餵小豬喝自己的奶，好讓牠忘了親生母親，如此小豬才能存活下來，不會死於對親情的渴望。他讀過這樣的敘述，某個男人受內心的怨恨折磨多年，最後因失智症而在喪失所有記憶後安然辭世。他也聽過這樣的笑話，某個女人在生產時叫得呼天搶地，因為懼怕疼痛的關係所以嚷著絕對不再懷下一胎，但最後卻忘了說過的話，也忘了曾經的劇痛和恐懼，在那之後又生了五、六個孩子。

遺忘是種驚人機制，如果人類無法遺忘，恐怕早已絕種。假如我們無法遺忘自己曾赤身裸體，沒有爪子、利齒和強悍體能，只能在這個殘酷世界裡活得那樣卑微。如果我們無法遺忘，或許在很久以前就已滅絕殆盡，假如我們無法遺忘生存是如此艱難而疼痛，假如我們無法遺忘自己是誰、快樂過、痛苦過、經歷過什麼樣的生活……假如我們無法遺忘自己有過值得記憶的事情。

而在踏上旅程後的第一千九百六十三天，班終於忘了查日雅，雖然還得再流浪遊蕩一千個日子才能忘掉自己是誰，忘掉自己做過什麼、有過什麼感覺、笑過、哭過，忘掉自己多麼深愛過……那個他再也想不起來是誰的女人。

班某天早上醒來，旅途之前的記憶便開始消失，只剩下一些模糊難辨的碎片。他記得小時候有段時間一直在各處旅行……就像現在這樣，但無論如何都想不起來，當時是什麼原因讓還是孩子的他日夜奔波。他依稀感覺到自己似乎是在某種大家庭裡成長，有許許多多的叔伯姨嬸，但有時又恍恍惚惚覺得自己應該是在女人眾多的粉紅色房子裡長大，可是其他細節卻再也想不起來了。班不記得他來自哪裡，何時開始練習吉他，有哪些朋友，彷彿有過一個弟弟或哥哥，但試著細想時卻痛得必須停下來。某種痛楚橫亙在那裡，他相信是某種撕心裂肺的深重創傷逼使他不得不全部遺忘。

他記得爸爸……那個男人喜歡低著頭走路，背有些佝僂，肩膀微微傾斜，一隻手永遠藏在口袋裡。至於媽媽……好像是心裡見過的那個女人，但好像又太老了一點，看起來有點凶，不對，不是那樣，該說是冷漠才對，冷漠而且對人生嗤之以鼻。還有個女孩，或許是他妹妹，不僅漂亮還散發出溫柔甜美的香氣，像是某種甜點。他想起她時有種奇怪的感覺，彷彿她周遭的一切都靜止不動，像是看一幅她在中間移動的靜物畫。但他對那個女孩最糟糕的感覺是內疚，胸口滿溢的愧疚壓得他喘不過氣，讓他幾欲落淚。

當他遭遇某些或許相似的事物時，經常會觸發記憶湧現。有一次他在賓河邊從中午坐到晚上，看著河水在他紊亂記憶中另一條河的幻影裡奔流，試著想起那條河究竟在哪裡，卻始終想不起來那是哪一條河……只記得它清澈無比，在冬日暖陽下緩緩流動。河面總有一層薄霧，河道轉彎處有眾多布袋蓮綻放盛開，淡淡的炊煙氣味與夜晚河流的氣息雜揉在一起，與世界上任何地方的夜晚都不相同。他想起那條河時內心深處有一股渴望，卻不知道自己在渴望什麼。

而有好幾次，某些畫面只是突然浮現，毫不連貫。和煦陽光下的田野。抖落花瓣的大馬士革玫瑰。來回游動的水黽。螢火蟲振翅飛入湛藍暮色……有時是一些奇怪片段，例如晴空下盛開的紅火樹，卻模糊得像是視線穿過雨絲看到的景象。橘色的魚被抓起來塞進小玻璃櫃裡動彈不得。水面陽光照耀下的河床朽木。跟章魚觸手一樣張牙舞爪的窗簾。在荒涼街道上變換寂寞顏色的交通號誌。

但在一切縹緲漫漶中，有件事卻無比清晰，而且在他的心裡一天比一天更加明確。那就是他必須持續旅行，尋找那個他不知道是誰的人。他只是有種感覺，卻連形影、容貌都想不起來，只知道那個人住在黃色的房屋裡，而班記得那棟房子……幾乎牢記所有細節。

那是一棟單層的老舊建築，跟向日葵一樣的黃色，裡面的房間也是黃色，堆滿了各種東西，空無一物的臥室則是藍色，除了……鳥。沒錯，他不知道為什麼，但那個房間裡總是有小小的黑鳥飛進去。後面有放了老式浴缸的浴室，旁邊擺滿瓶罐五顏六色的香水，還有那裡的氣味……他記得那些味道，蒸散出一股寂寞氣息，誘人卻又柔軟，濃郁香醇，而且屋裡一面鏡子也沒有。

班曾經以為那棟房子就在他魂牽夢縈的那條河邊，卻發現沒有任何記憶能將兩者相連。更奇怪的是，他感覺那棟房子位於一處古怪森林裡，裡面有花朵盛開，有蝴蝶和鳥翩翩飛舞，還有一隻短腿肥貓，但他怎樣都想不起來那隻貓是什麼顏色。那棟房子還給他一種與其他房屋截然不同的感覺，彷彿這個世界沒有任何事物比那裡更重要，只要在那裡，他哪裡都不用去……像是回家一樣。但他知道……那不是他的家，班曾經好幾次試圖回想自己的家，但記憶卻是一片空白，淨空得彷彿他這輩子從來就沒有家。

某些夜裡，他會夢見某個女子的側臉和她淺褐色的單邊眼睛，瞳孔裡有一道灰色裂縫，那隻眼睛孤獨得太過幽深，讓他忍不住在夢裡啜泣，早晨醒轉時枕頭全都濕透了。

走在清萊寧靜山谷裡的那天早上，班不知道才剛重新展開的會是他最後一趟旅程。山谷陰影裡的天氣依然陰涼，燦爛而柔和的陽光穿過慢慢散開的雲霧，橙花飄散出宜人的芬芳，班心想自己或許會再回到這裡。他三十二歲了，幾乎走遍了這個小國的所有角落，不管往哪個方向走，總是沒幾天就會走到邊境，他遲早會走回原地，只是早晚的問題。或許，或許他已經放棄尋找那個他不知道是誰的女子，她可能住在某個地方，跟某個人生活在一起。

他瞬間想起曾在早市見過好幾次的孟族女人，她有一雙褐色的眼睛，還有她的笑容……他從沒想過世界上會有那樣的笑容。笑容在他們視線偶然交會時霎時綻開，像是她身體裡的某個人在對另一個人微笑，或許……或許，但他忍不住覺得自己的想法十分滑稽，同時將那些天馬行空拋到腦後。

彷彿很久很久以前有人對他那樣笑過，紊亂的記憶依然時不時浮現，有時只是一些泡沫乍然迸裂似的情緒，有時是一些畫面……模糊得像是記憶裡的記憶，閃現後旋即消逝，宛如露珠在陽光下剎那閃爍。只殘留某種突然意識到自己弄丟心愛物品的錯覺，內心深處荒蕪寂寥，隨之而來的疼痛若有似無，但又說不出是痛在哪裡。

下坡後接上的蜿蜒小路通往與外界阻隔的橘園，一大片甜根子草在遠方轉彎處隨風搖曳，過了那個彎以後是一條小溪，清澈溪流就藏在岩縫之間。入夜之後就無法到溪裡玩水了，班忍不住覺得有些遺憾，這時記憶裡深藍色的溪流突然湧現，他聽見大提琴的聲音……從空氣中溫柔傳了過來……

班左右張望尋找聲音源頭，卻發現那不是來自任何地方。樂聲婉轉柔和，但旋律裡暗藏哀傷，溫暖卻又莫名清冷。班停止呼吸，他聽過這首曲子，是在什麼地方……，鋼琴接著滴下音符，像水珠一樣點點落下，一滴接著一滴，落在某人輕若游絲的低語，眼睛閉上吧……班。

他閉上眼睛，依然緩慢往前走著，讓美麗樂音引領他翱翔，感覺身體失去重量，飄浮騰飛，彷彿……彷彿他很久以前就有過這種感覺。那是他跟某個人待在一起的時候，或許……是某個他想不起來的人。彷彿僅能用指尖勾住的一縷柔軟絲線，在宜人風中婆娑擺盪，卻隨時準備以柔順的姿態……消失無蹤。

那輛超市的小貨車經過時載著生辣椒、芥藍、小黃瓜、大白菜、橘子、長豇豆、魚乾、拖鞋、傳統纏腰布、彩券、牙膏、象牌萬用膠、臉盆、水缸、洗衣粉、泰北香腸、豆豉餅、止咳藥，以及世界上的所有東西，全都裝在塑膠袋裡，在車後發出唧聲響。貨車沿著狹窄的蜿蜒小路前進，轉過甜根子草盛開的彎道後撞上了班的身體……他沒有任何感覺。司機正因手機掉落而叫出聲來，但彎身撿拾後卻無意間把一隻偷偷搭上車的蟾蜍放到耳邊，隨後便立刻因為撞上某個東西而再度嚇得大叫……但貨車司機甚至無法確定究竟撞到了什麼，班的身體實在太單薄了。

他飛到半空中，飄浮剎那後開始墜落，緩慢得彷彿輕盈鳥羽，柔軟落在路旁的甜根子草叢裡。閃爍的紫灰色花粉在四周緩緩升起，空氣中繽紛璀璨，但隨即被一陣微風吹散。班的身體慢慢下沉、慢慢下沉、慢慢下沉到舒曼《第四十七號鋼琴四重奏》的最底部，他聽見查日雅的輕聲低語……班，我好想你。

消失已久的孤獨陰鬱在他曾陷入空虛的心中乍現，班躺在地上茫然看著甜根子草的花蕊從他身下慢慢瀰漫整片天空，閃亮耀眼得宛如群星正在眼前誕生一樣美麗。在那脆弱瞬間，他看到她了，再一次，或許是第一次……清晰明亮得像是他從來沒有遺忘過。她站在群芳盛開的花園中，看起來像是沐浴在陽光裡，背後是如同向日葵的黃色屋子，正用那雙悲傷而孤獨的眼睛看著他。

百萬記憶瞬間湧現，彷彿從睡夢中甦醒，所有消失的光陰再次淹沒他內心。星月緩緩經過眼前天空，而她輕聲說道，就是那顆……我的星星。她在地上滾來滾去笑得樂不可支的樣子。她在最後一道星光下第一次說愛他。她為了洋蔥的死而掉眼淚。她在堆滿一切物品的房間滴落紫晶般淚水。她蹲在黃貓身旁清除香附子，背後的大馬士革玫瑰花正在抖落花瓣。叫章叔的老人那間沒有窗的房子。眼神悲傷的男孩消失在黑暗中。當她緩緩轉過頭來，他的心臟停止跳動。耀眼的光珠滴落在她瞳孔裡，他看見她眼中的那道裂縫。

嗨……查麗。班乾啞低語，啊……他的妹妹，他的家人，他的朋友，他的女人，他的家。那是他生命中僅有的美好，他作夢也想不到最後能再次見到她。自從還在陌生母親的子宮中泅泳以來，這是班第一次感受到真實的平靜，安全而堅定，充實而飽滿，一切如此寧靜。班笑了……就像他好久好久以前在鳳凰木下，曾經為她綻開最溫柔的笑容。他緩緩吸了一口氣，眼前滿天瀰漫、閃閃發光的甜根子草花粉逐漸黯淡，一顆一顆、一顆一顆消失，在如灰燼般落下的黑暗中湮滅。

……我也好想妳，查麗。

27 翱翔的歌

查日雅走在鐵鏽色狹窄碎石路上，前後都看不到盡頭，兩旁草地像波浪一樣隨呼嘯風聲擺動，一直延伸到視線無法觸及的遠方。和閣浮樹果實一樣漆黑的天空中烏雲洶湧環繞，雨絲像罩下薄霧似的不斷滴落。查日雅又濕又冷，她低下頭，發現自己沒有穿鞋子，但她依然繼續往前走，即使不知道要走去哪裡。那時她聽見了小孩的笑聲，查日雅停下腳步四處張望，卻什麼人也沒看到，除了風吹襲過草原的呼嘯聲之外，便什麼也聽不見了。

當她再次回過頭來，只看見眼前黑暗裡的房間天花板，而她躺在床上。風聲消失了，但在她就要再次睡著時，雨的氣息和碎石路上的潮濕依然揮之不去。她又聽見了剛剛的笑聲，查日雅起身走到窗戶邊，黎明之前是一片濃重深藍。在昏暗微光中，她看見姊姊坐在媽媽的老香欖樹下……有個小男孩蜷縮在查莉卡大腿上。

彷彿知道有人正看著自己，小男孩慢慢轉過頭來注視著她，原本平靜的臉龐對她露出溫柔笑容。查日雅來不及回以微笑，因為她立刻離開窗邊，跑了出去穿過一群排排站立的陰影，他們正專注等待著查莉卡。在滿是田鼠匆忙身影的大都會裡，懸滯露水映射著星星點點的光亮，查日雅一瞬間以為是媽媽坐在香欖樹下。但靠近時才發現是查莉卡坐在那裡，就跟她剛剛看到的一樣……但查莉卡只是孤身一人。莉卡，查日雅低聲開口，在那雙寂寞瞳孔裡看見最後一顆星星眨過眼後從天空中消失，莉卡，是那個孩子嗎……妳的孩子。

查莉卡沒有回答，仍愣愣盯著眼前昏暗模糊的景物，彷彿沒聽到似的。莉卡，莉卡，跟我說話，跟我說句話好嗎，莉卡，對不起，莉卡，跟我說話／噓……查莉卡制止那四個整夜在她腦袋裡反覆討論相同話題的人，但那些大聲說話的人不僅沒有住嘴，還吵得更大聲，爭辯著究竟是誰要先閉嘴。等他們協議好了之後，聲音才逐漸安靜了下來，她轉頭看向妹妹。不是的查麗，他不是我的孩子，接著緩緩起身露出淺笑，他是妳的孩子。

查日雅最後一次看進姊姊眼睛時，裡面已經沒有任何一道星光。她還來不及說什麼，查莉卡又輕聲開口道，走吧，一起走吧昌夫人，我睏了，接著搭在查日雅肩上……動作有些侷促。好的恩夫人，妹妹露出燦爛笑容，緊緊摟住姊姊的腰。彷彿往日重現，兩姊妹一步步緩慢走著……又一次變回了永不分離的暹羅雙胞胎。就在那無比脆弱的一刻，整個世界的時間都停止了下來，沉澱在記憶之河裡的一切再次浮現，彷彿從未被遺忘過。

……一路上，從花瓣不斷掉落的香欖樹下，到許久以前在班孤獨的夜裡透過花香反覆折磨他的柚子樹。從永遠在他們父母眼裡閃爍不歇的星光，到客廳裡不斷發出的殘破樂曲聲。從滿是紫紅色鸛鳥的山谷，到兩個孩子曾在河流轉彎處迴盪不絕的笑聲。從被遺忘的歌曲中落英翩翩的風鈴木，到查莉卡躺在自己的床上，沉沉睡去。

……她夢見自己走在查日雅才剛走過的狹窄碎石路上，天空宛如闍浮樹果實一樣漆黑，周遭是被風吹得不斷擺動的草原。她聽見孩子的笑聲，停下腳步張望找尋，卻什麼人也沒看到。當她回過頭來，只見從孤獨夢境的種子裡誕生的孩子就站在她面前。在鐵鏽色的路上，闍浮樹果實一樣黑的天空，霪雨綿綿中草原隨風掀浪，他牽著她的手走著……一直走著，就那樣赤足前行，她再也沒有醒過來。

查日雅發狂似的重新開始種植草木，掩埋了田鼠大都會以及媽媽、姊姊留在香欖樹下不斷微弱閃爍的淚滴結晶。沒幾個月的時間，河邊房子便跟黃色屋子一樣被奇蹟般的花園環繞，而且還多了很多在夢想破碎的城市裡沒有空間種植的草木，緬梔和依蘭淡淡的苦澀香氣依然飄散在空氣中，即便花園裡並沒有種植。查日雅還從她此生見過的第一株裂瓣朱槿那裡嫁接了一段到園子裡，那是她在自己未能畢業的學校門口求來的。

之後她又僱人來將乾涸破敗的噴泉修好，在她花了十九天刷洗過後煥然一新的低頭天鵝像周遭種滿了迷你玫瑰。她將整座屋子漆成淡淡的向日葵色，帶著渺小的希望期盼班偶然經過時會想起來。她不再聽音樂，將曾經讓她心神激盪並引領她走進廣袤世界的交響曲，以及塔尼舅舅那些早已毀壞的黑膠唱片，全都當作廢棄物丟掉，因為再也沒有任何樂曲能將班帶回來。她不再踏進廚房，因為沒有任何東西能夠填滿她內心深處的飢渴。

尋找班的漫長旅程以及查莉卡的死，徹底摧毀了塔尼舅舅為讓她們免受內心創傷所苦而搭建的美妙世界。查日雅再次變回河邊小鎮的女兒，但不再著迷於在鄰居的山陀兒果園裡展開各種奇幻冒險，所有綺想都消失了，她迷失在漆黑的淚之國度。每天晚上，當她安靜躺下，不再隱隱發光的纖細手臂依舊悲傷。她將手放在心口，看著星星在窗外緩緩移動，再也想不出來哪一顆是屬於自己的星星。她等待著……

但在夢與現實間的縫隙裡和查莉卡一起失蹤的藍色小男孩再也沒有出現。而無論班怎麼努力……都再也找不到回家的路。

那年冬末的某個黎明，曾讓塔尼舅舅想定居度過餘生的底格里斯河與幼發拉底河沿岸在幾天前被夷為平地，伊拉克的大戰第二次爆發。查日雅剛在花園裡最後僅剩的狹小空間種下大馬士革玫瑰，她抬起頭便看到五六顆微小星光晃盪著向她飄來。它們停滯在半空中，在枝幹間平靜飄浮，對她閃爍了一下後便消失在蕨類植物之間。

查日雅左右張望了一下，她透過眼裡的縫隙看見樹葉正在掉落，樹枝微微晃動著，鸛鳥成群飛過天際，一切看起來如往常那般破敗……但她卻什麼也聽不見。沒有這個時間通常會大聲吵鬧的烏鴉啼叫，沒有樹葉摩擦的沙沙聲，甚至連河流上吹拂不止的風聲也沒有了。

只有陣陣冷風，冷得令人打起寒顫……查日雅側著身體在樹叢間擠出狹窄的通道往屋裡走去，但穿過一些遮蔽視線的草葉後，卻發現自己走回了原點。當她又仔細端詳，才發現那不是她種下的最後一株大馬士革玫瑰。她環視周遭種下的三百一十五株大馬士革玫瑰，想在裡面找到剛剛種下的那株，卻怎麼也想不起來。

薔薇夫人，查日雅喃喃道，在她來回走動時，薔薇夫人漸漸枯萎失去香味。

她便這樣繞來繞去，直到傍晚的暮色如布幔般輕盈落下，靛藍色吞沒了其他所有色彩，只剩下大馬士革玫瑰彷彿飄浮在空氣中，兀自閃爍著粉紅。像是一群粉紅色的水母，在無垠的大海中繽紛點點。查日雅很肯定自己再也找不到方向，而狹小的出路已經淹沒在樹叢之間……不復存在。於是她決定最後一次走入花園深處，在天空中第一顆星星的陳舊回憶所投下的陰影裡，她和班用堅定的承諾道別……下次見，在好久好久以前。

查日雅內心一點也不覺得苦澀，一絲一毫也沒有，她在黑暗中伸出愛憐的手撫觸花草們，將它們逐一貼在臉上，用輕柔溫暖的聲音，和它們一株株說著芙烈達的最後一句話……生命萬歲，生命萬歲，生命萬歲。

曾是兩姊妹保母的努恩後來成為家裡的廚娘，又幫查莉卡製作點心，她是五個孩子的媽媽，另外八個孩子的奶奶、外婆，即便她過往無法抗拒的魅力開始黯淡，仍有三個男人願意擔任孩子們的爸爸、爺爺、外公。她依然每隔兩天會到河邊的屋子裡幫忙家務，而且堅持不收任何薪酬……當她隔天早晨來到家裡卻找不到查日雅，便叫來三個兒子砍倒巨大的紅火樹，好清出空隙踏入香氣濃重到讓人幾乎無法呼吸的花叢中。

努恩在花園裡踉踉蹌蹌、身體不斷旋轉，伸手往眼前的空氣摸索抓尋，嘴裡大聲叫著……查日雅小姐！查日雅小姐！她發狂似的沿著灌木叢慌亂翻找，甚至手忙腳亂爬上樹頂，像紅毛猩猩的母親一樣用力搖晃風鈴木的枝幹，脆弱花瓣以告別的舞姿零落殆盡。接著她走向厚實蕨類覆蓋的地帶，甜根子草的花蕊經她拍打後飄浮起來瀰漫整片天空，而後在風中再次消失得無影無蹤。

當她發現查日雅不僅不在那裡，也不會再存在於其他任何地方，努恩癱倒在地上哭了起來，一邊高聲哀號一邊在地上絕望扒挖，就那樣在黑暗中哭著一直翻掘到清晨。雖然她很清楚自己什麼都找不到，除了一隻又一隻的盲眼蚯蚓，……迷失在自己挖掘出的迷宮中。

讀後記

沒有比迷戀更徹底的放棄

鄧九雲

開始讀《迷宮中的盲眼蚯蚓》之前，我知道這是一本用愛情來象徵泰國政治的小說。然後我就一直忘記這件事（必須不斷提醒自己，像導航系統）。喜愛泰國食物的人大概都對「椰漿」特殊的香氣不陌生，我的閱讀感受確實宛如一隻盲眼蚯蚓，在濃稠椰漿之中迷醉。

據說作者威拉蓬使用的泰文非常困難，英譯版的出版社甚至直接推薦泰國人讀英文版。我們有幸讀到手上這本從泰文直譯的中文版，對於從未讀過泰國文學的我，刻意一字一句好奇地品嚐而拖慢了閱讀速度，其中無論是自然、傳說的元素，建構角色的方式，以及抽離綿密的敘事語感都不斷讓我想起另一位波蘭作家奧爾嘉·朵卡荻。

相較於朵卡荻的龐大的人物格局，本書作者威拉蓬更聚焦在兩女一男的情感糾結。還有什麼是比迷戀更徹底的放棄？故事裡每一個角色都無法建立穩固的關係，在對象出現之前就先預習「盲眼」的能力——查莉卡沉迷於小說與甜食中，查日雅從小就顯現對渺小物種的著迷（從小生物到小渣男）。養育他們的塔尼舅舅，在覓尋稀罕的布料中將自己化為一件血紅的袈裟。因為迷戀走上千奇百怪的死路，乞求關鍵不在自己的願望。這必須是一無法實現的故事，悲傷與情愛的耐震度將成正比。

威拉蓬在訪談中曾說過，她的小說語言是有意識的選擇，首要的目的便是將一切「視覺化」。於是相較於心理描繪，她不斷將抽象情感視覺化，其中最令我驚豔的具象，是苦情妹查日雅瞳孔留的那道「裂縫」：

隨著時間流逝，兩人悲喜交加的戀情成為宿命，那堤依然飄忽不定卻又不曾徹底消失，總是在失蹤數日或數個月後再次出現，送上他的無限柔情，接著又一臉悲傷再度離去。查日雅陷在這樣悲慘的循環裡，內心苦澀而終日哭泣，淚水從來沒停過。最後她左眼中央浮現出灰色陰影，像一道淺淺裂縫，淡得幾乎看不見，雖然沒有帶給她任何疼痛，卻讓那隻眼睛看起來比另一隻更加寂寞。心思細膩的人會避開視線不敢對上她那隻眼睛，而她透過那道灰痕看出去的世界也被裂縫穿過。在她眼裡……整個世界都是破碎的。

被裂縫吸入的就是那深深凝望她的人——班。從青梅竹馬到三角戀的始作俑者，兩女一男的動力結構，男方的存在往往是種被動的主旋律，而女方的能動性才會是故事變調的關鍵。查日雅固定在週一下廚給班吃，卻在某次那提的突然來訪而戛然終止。班回到查莉卡的身邊，絕望覓尋另一道可墜落的類似隙縫，卻發現自己塌陷在一座遼闊安全的平原上。

作者威拉蓬善於讓讀者陷入典型配對的抉擇焦慮——誰跟誰在一起才能皆大歡喜？兩個女主是親姊妹，無論如何都不可能皆好，但至少能不那麼「遺憾」吧？威拉蓬曾說過，她想強調的是一種「幻」（Illusion），愛中的幻讓人走向失序、失控，對她來說跟政治很像。我則認為愛情故事要寫得好看（能感動大眾的通俗性），就在於能不能把最後「剩下的痛」處理好——把美好幻象隱沒於天空之中，讓你每次抬頭都看不見，卻相信它依然存於某朵雲霧之後。

《迷宮中的盲眼蚯蚓》最打動的我地方，就是最後班如何逼自己「遺忘」。「在踏上旅程後的第一千九百六十三天，班終於忘了查日雅。」他忘掉時間、事件、人無法徹底清除腦海中的畫面。畫面突然閃現，毫無連貫，「但在一切縹緲漫漶中，有件事卻無比清晰，而且在他的心裡一天比一天更加明確。那就是他必須持續旅行，尋找那個他不知道是誰的人。……某些夜裡，他會夢見某個女子的側臉和她前褐色的單邊眼睛，瞳孔裡有一道灰色的裂縫……」

我想起狐仙的傳說，男狐想忘卻愛人立誓不再成為男兒身，而那記憶被封印在對方額首一抹新月痕——不就是查日雅眼中的裂縫嗎？我更聯想到《生命中不可承受之輕》，記憶為了被遺忘而進入腦海中永劫回歸無數次重複之中。班的愛成了一大塊東西，矗立在那裡，一直在那裡，成了一種無法侵入的僵硬——最沉重的負擔。那他又是在何時，重拾那股輕盈的呢？一輛載送各種食材（連結班與查日雅的重要物質）的小貨車，狠狠親吻上班的身體。「他飛到半空中，飄浮剎那後開始墜落，緩慢得彷彿輕盈鳥羽，柔軟落在路旁的甜根子草叢裡。閃亮的紫灰色花粉在四周緩緩升起，空氣中繽紛璀璨，但隨即被一陣微風吹散。班的身體慢慢下沉、慢慢下沉、慢慢下沉到舒曼《第四十七號鋼琴四重奏》的最底部，他聽見查日雅的輕聲低語……班，我好想你。」

為了努力遺忘反而深深記住了。破碎引領我們走向永劫回歸。身而為人最大的限制便是無法超越時間，因此我們被「重複」吸引，即便抗拒都是更強烈的注視。這些鋪陳手法，因為好用有效而被說成狗血。但我們必須知道言情是古老的藝術元素，一種經典的手段，更是神話故事裡不可或缺的結構。如今卻是貶抑，儘管《迷宮中的盲眼蚯蚓》得了獎，還是有人批評這是一本文學垃圾。作者威拉蓬的反擊，就是繼續寫下一本小說（再得一個獎）。

當我們提及所謂世界經典文學時，依然習慣以西方為首出發，近年除了韓國策略性的外譯大擴散，我們也終於開始有機會閱讀到直譯的東南亞的文學——那些更靠近我們卻更不熟悉的絢麗文化。《迷宮中的盲眼蚯蚓》是威拉蓬的處女作，她說因為有小孩，所以很晚才開始寫。我覺得很難用第一本小說來決定自己對一個作家的喜好，因此熱切盼望在不久之後，我們能看到威拉蓬第二本小說的中文版，那關於華人故事的《佛曆西沉與黑玫瑰貓的記憶的記憶》。

小說精選

迷宮中的盲眼蚯蚓

2024年6月初版
2024年7月初版第二刷

定價：新臺幣400元

著者 威拉篷・尼迪巴帕
譯者 梁震牧
叢書主編 黃榮慶
校對 吳美滿
內文排版 王君卉
封面設計 鄭婷之

出版者 聯經出版事業股份有限公司
地址 新北市汐止區大同路一段369號1樓
叢書編輯電話 (02)86925588轉5307
台北聯經書房 台北市新生南路三段94號
電話 (02)23620308
郵政劃撥帳戶第0100559-3號
郵撥電話 (02)23620308
印刷者 文聯彩色製版印刷有限公司
總經銷 聯合發行股份有限公司
發行所 新北市新店區寶橋路235巷6弄6號2樓
電話 (02)29178022

副總編輯 陳逸華
總編輯 涂豐恩
總經理 陳芝宇
社長 羅國俊
發行人 林載爵

行政院新聞局出版事業登記證局版臺業字第0130號

本書如有缺頁，破損，倒裝請寄回台北聯經書房更換。 ISBN 978-957-08-7392-4 (平裝)
電子信箱：linking@udngroup.com

國家圖書館出版品預行編目資料

迷宮中的盲眼蚯蚓／威拉篷・尼迪巴帕著．梁震牧譯．
初版．新北市．聯經．2024年6月．280面．14.8×21公分
（小說精選）
ISBN 978-957-08-7392-4（平裝）
[2024年7月初版第二刷]

868.257 113007018

ไส้เดือนตาบอดในเขาวงกต